FABIO PAIVA REIS

Beije-me em Barcelona

Spirito Sancto

2017

Autor

Fabio Paiva Reis

Copyright by Fabio Paiva Reis e Spirito Sancto

Texto

Fabio Paiva Reis

Projeto gráfico e Diagramação

Daniela A. Arraño Huerta

Capa

Mauricio Perin

Revisão dos textos

Kyanja Lee

Editora

Spirito Sancto

Ficha catalográfica

R375b
       Reis, Fabio Paiva, 1986 -
         Beije-me em Barcelona./ Fabio Paiva Reis. — Vitória :
       Spirito Sancto, 2017.
         192 p. ; 15x21 cm.

       ISBN 978-85-93801-02-0

       1. Romance. 2. Literatura Brasileira. 3. Comportamento. I. Título

CDD 890

 *Para Thais*

... frases iniciadas que ele não conseguia terminar, seus olhares meio esquivos e sua expressão mais do que um pouco significativa, tudo, tudo afirmava que seu coração no mínimo estava voltando a considerá-lu, que a raiva, o ressentimento, o desejo de evitá-la haviam desaparecido, e que tinham sido sucedidos não somente por amizade e apreço, mas pela mesma ternura do passado. Sim, um pouco da ternura do passado! Ela não conseguia atribuir um significado menor àquela mudança. Ele com certeza a amava.

Jane Austen, Persuasão

PREFÁCIO

Amor. Essa é a palavra que define o livro que você tem em mãos. Ou pelo menos foi esta a mensagem que desejamos passar, eu e Thais. Beije-me em Barcelona conta uma história de amor muito minha e de minha esposa. A maior parte do que está aqui realmente aconteceu. Muitas vezes com as mesmas palavras.

Entretanto, é impossível nos lembrarmos de tudo e, por uma questão de narrativa, alguns elementos foram acrescentados a fim de deixar a leitura mais agradável. Por isso optamos em alterar nomes – seria injusto criar histórias e até antagonismos para nossos amigos e deixá-los à mercê de opiniões alheias quando, na verdade, tivemos dias simplesmente maravilhosos em Barcelona.

Este livro conta a nossa história. Do jeito que lembramos, do jeito que adaptamos em nossas cabeças e do jeito que achamos que seria bom compartilhar. Do jeito, por fim, que achamos que vocês também gostariam de ler.

⁓

Apesar de ter sonhado com a publicação deste livro, não imaginava que ele seria premiado antes mesmo de ser impresso. Agradeço, portanto, à Secretaria de Estado da Cultura do Espírito Santo que, através do edital de

Produção e Difusão de Obras Literárias do Funcultura 2016, garantiu a publicação de Beije-me em Barcelona.

Agradeço à minha esposa, por me permitir contar nossa história para todo mundo, e também aos familiares, amigos e colegas que me apoiaram e me ajudaram de diversas formas nos meses em que passei escrevendo, lentamente, as páginas seguintes.

Fabio
30 de novembro de 2016.

Prelúdio

CAPÍTULO I

Passagem

~⌒

— Acho que você está precisando de um gayzorcismo —
Ulisses falou para mim assim que entrei no quarto.

— Engraçado — respondi, tentando esconder a risada.
Ele era cheio de piadinhas. — Acabei de falar com minha
namorada, e você sabe. — Eles estavam assistindo a uma
série de TV brasileira pelo computador, e logo descobri
que o termo vinha dali.

Aquele nem era o quarto do Ulisses, e sim o da Rebeca.
Os dois andavam muito juntos naquela época. Na
verdade, imagino que seja muito comum as pessoas de
repente começarem a andar juntas, principalmente
quando elas moram no exterior. Nós tendemos a procurar
companhia para nos sentir confortados e, mesmo
morando em Portugal e todo mundo ali falando
português, não há nada como encontrar outro brasileiro
com o qual você possa simplesmente desabafar e se
divertir. Inclusive, foi assim que eu acabei ali, naquele
quarto, naquele dia, ouvindo que eu precisava de um
gayzorcismo. Assim, com Z mesmo.

Eu não sou gay. Naquela época só queria mesmo ser solteiro. Eu estava em Portugal havia dois meses e já não via graça alguma em conversar com a Ana pelo computador. Desabafando com Ulisses, disse que não sabia por que não havia terminado o namoro antes de viajar, mas a verdade é que eu sempre me orgulhei de ter dado o melhor de mim em qualquer relacionamento. Para ser sin cero, não sei nem se isso é bem verdade. Virei para a Rebeca e perguntei o que ela achava disso.

– É bem difícil manter uma relação à distância, Isaque – ela respondeu, com um sorriso sincero. – Se você acha que está enrolando a garota, o melhor deve ser terminar logo mesmo.

Rebeca estava sentada na cama e acompanhava a conversa com aquela cara de compreensiva que só ela sabia fazer. Uma das vantagens de estar estudando fora do Brasil era conhecer diversos brasileiros fantásticos juntos, em uma cidade só. Eu tinha 25 anos quando me mudei para Portugal, e fiz muitos amigos "adultos" na Universidade. Na Residência Universitária, de um dos lados do meu quarto havia a dupla paraense Ana e Eulália, tão queridas que praticamente me criavam, como um aprendiz de gente. Do outro lado, moravam e Pérola e o esposo. Todos fazendo doutorado. Rebeca era a mais nova adição ao grupo. Ela não era nada velha, mas aparentava ser mais nova do que era e tinha um jeito jovial e feliz que eu apreciava muito.

– Eu sei, eu sei– respondi a ela, depois de alguma reflexão. – Mas investi tanto tempo nela, que parece meio errado jogar tudo fora agora, só porque eu quero ficar em paz. – Arrumei uma cadeira e sentei ao lado de

Ulisses. A série continuava a passar no computador. Era uma comédia. Engraçada, até. Continuei falando, olhando para a tela: – Sempre achei que investia nos namoros porque acreditava que o certo era eles caminharem para o casamento, com o tempo. Acho que a Ana mudou isso.

– Ai, Isaque, coitada da menina – disse Ulisses, com o forte sotaque do Tocantins. – O que foi que ela fez? Algum problema no sexo virtual?

– Bem... – Estava envergonhado já, sempre tive um limite sobre o que falar dos meus relacionamentos, mesmo para os amigos.

– Todas as namoradas que eu tive que tinham problemas com os pais foram "furada". Se você não consegue se dar bem com pais minimamente sensatos, é porque tem algo de errado em você. E como os pais da Ana moravam em outra cidade, eu só fui descobrir isso pouco antes de vir para Portugal. O dia da viagem foi chegando e eu não tive coragem. Tinha medo de terminar com ela e ficar sozinho aqui, sem amigos, sem ninguém.

– Olha, que lindo, Rebeca, nós já somos amiguinhos! Isaque é nosso "best friend" e a gente se conhece há quanto tempo mesmo? Um mês?

Essa é uma grande verdade para os brasileiros que moram no exterior. Brincamos que há brasileiros em todo lugar, e a verdade não está longe disso. Lembro-me claramente do dia em que cheguei a Braga, morto de cansaço, em uma manhã de outono. A viagem foi mais longa que o normal. Como eu morava em Vitória, precisei pegar um voo para São Paulo, antes de embarcar para a Europa. E como desembarquei primeiro em Madri, tive que pegar outro voo ainda para a cidade do Porto. De lá, havia um trem de uma hora para Braga e, da estação, um táxi para a Residência Universitária. Ao pagar o táxi e desembarcar, estava tão fascinado com o que tinha visto – e eu vi muito pouco –, que não me preocupava com o fato de não ter noção de como as coisas funcionavam. Vi um grande "UM" na entrada de um prédio e fui para lá, mas não havia ninguém do lado de dentro, e me envergonho em dizer que confundi o leitor do cartão de entrada com uma campainha. Enquanto apertava uma caixinha que não fazia qualquer som, ouvi alguém me chamar do outro lado da rua. A residência é formada por cinco blocos divididos em dois conjuntos. Eu estava na frente do Bloco D, que ficava junto com o Bloco E, onde eu acabei morando. Os demais ficavam do outro lado da rua, e lá do portão de entrada o porteiro me chamava, algo constrangido com a minha cena. Estava sem malas grandes, porque a Iberia havia perdido a maior delas. Descobri que ficaria em um ótimo quarto na cobertura. Enquanto me esforçava para entender tudo, um grupo de mulheres apareceu. Uma delas não perdeu tempo e parou ao meu lado, perguntando se eu era brasileiro. Era Eulália, acompanhada de outras brasileiras que estavam indo almoçar. Larguei minhas coisas com o porteiro, fui comer com elas e fiz importantes amigas ali, nos meus primeiros minutos de vida em Braga.

Dois meses depois, longe de estar sozinho, o que queria mesmo era me sentir livre para fazer o que quisesse e não me preocupar com uma namorada no Brasil. A Ana já estava me enchendo o saco. Ou eu estava de saco cheio, sem a ajuda dela. Não sei dizer. Ela parecia levar tudo numa boa, a coisa da distância e da falta de contato, mas eu não conseguia aproveitar direito. Eu me censurava antes de qualquer coisa, preocupado com alguma discussão que poderia causar. Um absurdo.

Outro absurdo era Ulisses e Rebeca terem me chamado ali para falar da viagem, e eu estar reclamando da vida. Os dois estavam superfelizes porque passariam o Ano-Novo em Barcelona. De início, eles queriam ir para a Itália, mas descobriram que os preços não estavam favoráveis a estudantes bolsistas. Eu estava com alguma vontade de ir, mas ainda não tinha decidido. Sempre ouvia falar de certa rivalidade entre Barcelona e Madri, e como conheci Madri poucas semanas depois de chegar à Europa, gostava da ideia de ter minha própria opinião sobre Barcelona também.

Além disso, na minha situação emocional, quatro dias de festa e passeios turísticos não fariam mal algum. Pelo menos era o que eu achava. O problema era dinheiro. Eu não recebia bolsa de estudos para estar ali, como Rebeca e muitos outros colegas. Antes mesmo de terminar o mestrado, minha família já tinha decidido me apoiar financeiramente para que eu pudesse fazer o doutorado na Europa. É claro que eu recebia menos do que uma bolsa de estudos, e por isso não me sobrava dinheiro suficiente para diversão. Muitos estudantes bolsistas aproveitavam as sobras para viajar sempre que podiam. Nunca achei isso errado. Para mim, crescer social e culturalmente fazia parte de um curso no exterior.

— Eu quero ir — respondi. — Mas eu sou pobre. Não vivo do governo, como vocês. — Sorri. Todo bolsista vivia o drama de ouvir esse tipo de injustiça, então havia alguma graça em alfinetá-los de brincadeira.

— Sabe onde eu vou enfiar a sua pobreza? — Ulisses sempre respondia imediatamente, e com uma cara engraçada. — Larga de ser chato. Você já está aqui no quarto, então vamos comprar sua passagem junto com as nossas, e você se vira para pagar pra Rê depois.

Antes que a Rebeca percebesse que meus gastos tinham sido direcionados para seu cartão de crédito, Ulisses começou a olhar os preços da passagem. Eu me levantei da cadeira e fui me sentar na cama. Apoiei as costas na parede e comecei a reparar no quarto. Era bem menor que o meu, pois naquele prédio os quartos eram individuais. Ela morava no Bloco A ou B, já não me lembro, e guardava um monte de bugigangas. Rebeca já estava em Portugal havia uns dois anos e não sei se ela tinha visitado o Brasil nesse tempo, pois ela tinha realmente muita coisa espalhada pelo quarto. As idas ao Brasil limpavam os quartos de todos os estudantes. O meu quarto ficava no Bloco E, como disse, e eu morei nele sozinho até meados de dezembro, quando Tiago chegou. Me lembro de começar a procurar um apartamento para alugar na cidade assim que soube que teria de dividir o quarto com alguém, mas me surpreendi não só por descobrir que ele era um cara muito legal, como também por já estar à procura de um apartamento, como eu. Acabamos escolhendo um apartamento de dois quartos para dividir.

— Eu provavelmente vou me mudar logo depois da virada do ano, se tudo der certo com o apartamento que vou ver com Tiago amanhã. Imagina minha preguiça de fazer isso assim que chegar de Barcelona?

— Fica quieto, Isaque. — Ulisses ignorou minha cara falsa de sofrimento. — Acabamos de comprar a passagem, vem cá.

Me aproximei do computador e vi o site da Ryanair aberto com um monte de propagandas e informações confusas. Ryanair é uma empresa aérea de baixo custo, então eles tentam ganhar dinheiro de diversas outras formas. Cada pedaço do site deles tentava vender alguma coisa. Perdido na bagunça do website, encontrei as datas e os preços das passagens. Nós sairíamos no dia 30 de dezembro bem cedinho, e voltaríamos no dia 2.

— Ficou tudo pelo estrondoso preço de 44 euros. Vai precisar vender o corpo para pagar?

Fiquei um pouco espantado, na hora. Eu tinha pagado mais ou menos a mesma coisa para ir a Madri no mês anterior, mas simplesmente não estava acostumado ainda com os preços da Ryanair. De repente, tudo pareceu mais fácil. Separar 44 euros para viajar não seria tão difícil, e como eu sempre comia na rua, em Portugal, imaginava que não gastaria muito mais para comer em Barcelona. Somando isso a alguma mendigagem com meu pai, poderia ter um bom Ano-Novo com amigos em uma cidade diferente.

Meus amigos, no Espírito Santo, gastavam centenas de reais para passar o Ano-Novo em um camping maluco qualquer no meio do nada, e eu iria gastar bem menos para me divertir em Barcelona. Ficamos ali conversando por algumas horas, enquanto assistíamos a alguns episódios da série, que foi ficando mais engraçada com o tempo. Estávamos todos felizes de ter algo legal para fazer no AnoNovo. Ulisses, que já tinha visitado a cidade, contou que tinha gostado bastante e que dessa vez pretendia evitar museus, que eram muito caros para nós, e aproveitar a cidade com caminhadas, comidas e bebidas. Quando falei para eles que eu não costumava beber muito, os dois juraram que me veriam bêbado antes de voltarmos para Portugal. Incentivei a brincadeira, como sempre faço, dizendo que nunca fico bêbado e que eles não tinham a menor chance. A verdade é que eu não gostava de cerveja, ainda não gosto, e assim bebia apenas o suficiente para acompanhar os amigos.

Nessa hora, falei sobre meu passeio por Madri, onde virei a noite andando de bar em bar, bebendo e me divertindo, e voltei inteiro e sóbrio ao amanhecer. Ulisses e Rebeca protestaram, dizendo que quem estava comigo claramente não me acompanhara direito e exigiram saber quais foram essas pessoas imprestáveis.

— Vocês me lembraram de uma coisa. Se importam se eu chamar uma amiga para ir com a gente?

— Olha só, Rebeca! Nem terminou com a menina e já está chamando amigas para viajar! Quem é a pobre coitada?

— O nome dela é Luísa. Eu fiquei na casa dela quando fui a Madri, e lembrei que ela não tinha planos para o Ano-Novo. Acho que seria bom pra ela passear um pouco e ela é mó legal.

— Sei, mó legal — respondeu Ulisses, com cara de quem estava suspeitando de algo.

Uma coisa que descobri em Portugal é que eu dizia "mó legal" com bastante frequência. Descobri também que essa era uma expressão da minha terra, o Espírito Santo, ou minha mesmo, porque ninguém mais falava assim, a não ser para tirar sarro da minha cara. Isso é tão verdade que algumas pessoas começaram a me chamar de "mó legal", como um apelido. Em dezembro já estava me acostumando com a ideia.

– E ela é do Espírito Santo também?

– É sim – respondi. Luísa estava passando uns meses na Espanha, para um estágio em engenharia. Ela estudava em Minas Gerais. Como ela voltaria para o Brasil na primeira semana de janeiro, aproveitei a presença dela em Madri para fazer uma visita. Poupei os gastos com estadia e tive ótimos dias na companhia dela.

– Como é que vocês se conheceram? – perguntou Rebeca.

Eu hesitei um pouco. Até ali estava tentando não me aprofundar. Essa era uma história longa, que eu não sabia contar sem contar demais. Tentei resumir:

– Bem, nós namoramos por uns dois anos, mas isso foi lá para 2004.

– Nossa, olha a bomba! – Ulisses mal conseguiu se conter diante da revelação. Aquilo era demais para ele, e ele precisava transformar a conversa em um programa do João Kleber. – E vocês ficaram juntos em Madri, foi? Isaque, meu deus do céu, você tem uma namorada, menino! Larga de ser safado!

Falei para ele se acalmar que não tinha acontecido nada. Contei que fui a Madri porque precisava fazer uma visita à Biblioteca Nacional da Espanha. Eu estudava História do Brasil Colônia e enviei o projeto de doutorado para algumas universidades portuguesas, onde aprenderia a ver o Brasil com o olhar da Metrópole, e fui aprovado em todas elas. Doutorando, precisava encontrar mais fontes para minha pesquisa. Aproveitei que Luísa estava morando em Madri e fui pesquisar. Apesar de sermos ex-namorados, conseguimos manter uma boa amizade e eu queria aproveitar a oportunidade para vê-la.

Quando falei que passei cinco dias na casa dela, Ulisses me perguntou onde é que eu dormia, e eu não pude conter um sorriso ao dizer que tinha sido no quarto dela.

– Ah, sim, e você quer mesmo que eu acredite que nada aconteceu? Vai contar história pra boi dormir.

– É sério. Ela nem estava aí para mim, para dizer a verdade. Estava interessada em um cara lá.

– E você queria que ela estivesse aí para você? – perguntou Rebeca, que havia desistido de ficar de fora da conversa.

– Não. Gente, nosso passado é meio complicado. – Sempre que falava da Luísa, a conversa se estendia bastante. A verdade é que quando nós terminamos, foi tudo confuso, e eu fui uma pessoa muito desagradável. Bastante idiota mesmo. Inclusive, no meio daquele ano havia escrito um e-mail para ela pedindo desculpas por várias coisas que aconteceram no passado.

– Como assim, você escreveu um e-mail? – Ulisses perguntou, e me chamou de idiota por falar sobre algo tão importante, tanto tempo depois, pela internet.

Contei para eles que eu demorei muito tempo para ver as coisas que aconteceram pelo ponto de vista da Luísa. E como eu estava morando em São Paulo e ela em Minas Gerais, já não nos encontrávamos tanto, e eu não achava que dava para esperar o próximo encontro para dizer o que sentia. Na verdade, não sei nem se teria coragem de dizer.

Rebeca me olhou, preocupada. Os dois percebiam que a história era muito maior que isso, mas eu não tive dúvidas de que ela entendia o que eu estava dizendo. Ela me perguntou, então, se eu achava mesmo uma boa ideia Luísa nos acompanhar em Barcelona. Com tantas histórias entre nós dois, havia uma grande chance de a gente se desentender e alguém virar o ano triste. Segundo ela, ninguém merecia começar o ano com o coração amargurado por um amor não correspondido. Nessa hora, Ulisses quase gritou no quarto.

— Aposto que vocês vão se enroscar, e você vai se apaixonar, e vai dar a maior merda!

Tentei ignorar o pessimismo do meu amigo. Respondi que não havia problema algum, pois nós nos dávamos muito bem, e ela era uma pessoa maravilhosa, superanimada, alegre e divertida. Menti, dizendo que não havia nada entre a gente, e Rebeca pareceu se contentar.

Pouco depois, todos estavam felizes novamente. O grupo agora estava com quatro pessoas e a viagem prometia ser ainda melhor. O sol começou a baixar e senti que era hora de voltar para o quarto, apesar de ainda estar cedo. No inverno europeu, tudo fica escuro muito antes do que estamos acostumados. Me despedi dos dois, desci e aproveitei um caixa eletrônico para sacar algum dinheiro para os próximos dias. Como havia um limite baixo de saque em meu cartão internacional, costumava sacar o máximo sempre que podia, para ter dinheiro em mão.

Cumprimentei o porteiro e atravessei a rua. Fui à sala de informática e não encontrei conhecidos. Comprei dois lanches salgados na máquina de vendas, que serviriam como jantar. Eu não estava a fim de descer tudo de novo depois para ir ao Restaurante Universitário. Subi os cinco andares de escada e, quando entrei no quarto, fiquei feliz pelo Tiago não estar lá. Precisava pensar sobre essa história da Luísa. Todos os quartos do quinto andar tinham uma porta que dava para um terraço único, e Diogo havia esquecido a nossa porta aberta. O vento gelado balançava a cortina e trazia a conversa das pessoas que passavam o fim do dia ali fora relaxando.

Pisei do lado de fora e vi minhas amigas, Eulália e Ana, e mais algumas brasileiras: Andréa, Denise e outras. Apesar de ser um grupo de meninas, elas me chamaram para ficar e conversar. Elas tinham vinho e tinham comprado comida para um batalhão, então eu poderia jantar sem problemas. Eulália sempre cuidava de todo mundo. Desisti de pensar na Luísa, pelo menos naquela noite, e me juntei ao grupo. Minha mente, por outro lado, continuou divagando.

CAPÍTULO II

Luísa

No dia seguinte, acordei cedo. Estava decidido a começar meus estudos na biblioteca. Eu estava em Portugal havia quase dois meses e ainda não tinha uma boa rotina de estudos. Parecia loucura começar a estudar naquele dia, já que viajaria para Barcelona na manhã seguinte, mas eu precisava começar em algum momento. Além disso, como disse, o dia se torna noite rapidamente no inverno europeu. Portugal nem fica tão ao norte, mas no início do inverno o sol desaparece antes das cinco da tarde. Eu, pouco acostumado, preferia resolver minhas coisas até este horário, e ficar livre para fazer o que quisesse à noite.

Outra coisa que dificultava muito minha organização diária era a diferença de horário. Com o Brasil no horário de verão, o fuso horário coloca Portugal quatro horas à frente. Portanto, para conseguir conversar com a família e com os amigos na internet, eu ficava acordado até tarde. Não sei dizer quantas noites fui deitar às três ou quatro horas da manhã.

Mas naquele dia eu levantei cedo, porque não demorei a deitar. Já tinha decidido aproveitar a manhã ao máximo. Quando acordei, Tiago roncava de maneira agitada na cama ao lado. Ele não dormia muito bem nessa época, por qualquer motivo. Quando o conheci melhor, falei que ele era todo bichado. Ele tinha diversos problemas de saúde e reclamava de várias coisas.

Andei até o banheiro para comer alguma coisa. Nos quartos do quinto andar, ter comida no banheiro não era tão esquisito. Na Residência Universitária, o espaço do banheiro era, ao mesmo tempo, quase uma cozinha. Como o chuveiro e o vaso sanitário tinham suas próprias cabines e portas, o que seria o banheiro, na verdade, era um espaço aberto no "apartamento". Ali havia um balcão e um armário com gavetas, além de um frigobar para guardarmos nossas comidas e bebidas. Não havia cozinha. Pois é.

Tomei ali o meu café da manhã pouco saudável – um pacote de biscoitos e um copo de suco de caixinha –, tomei um banho rápido, coloquei uma roupa de frio e desci o prédio. Ainda estava escuro quando saí e caminhei para a universidade, pois o sol também se levanta tarde nessa época.

Braga é uma cidade muito bonita, e eu estava completamente apaixonado. Já sonhava em morar ali para sempre e passei meus anos seguintes fascinado com tudo o que via, por mais que visse todos os dias. Eu passava por uma série de prédios que me traziam memórias dos Estados Unidos, que eu conhecia: suas cores alaranjadas, estacionamentos do lado de fora e a total ausência de muros. No caminho, passava por bonitas pastelarias, onde você pode comprar pão, tomar café e comer diversos doces e salgados portugueses. Era muito bom sentar em uma dessas com os amigos, comer um croissant ou um pastel de nata, tomar um suco e conversar vendo o mundo lá fora.

Perto dessas pastelarias, havia o que eu gostava de chamar de Vacagalo. Lembro perfeitamente da primeira vez que o vi. Meu professor orientador sugeriu que eu aproveitasse meus primeiros dias em Braga para passear pela cidade e me indicou alguns pontos turísticos e museus para visitar. Um dia, fui ao Santuário de Bom Jesus do Monte, cartão-postal da cidade. No meio do caminho, encontrei o tal do Vacagalo. Tomei um susto e ri. Muito. Tirei uma foto dele e fiquei ali parado, um minuto, tentando entender. Era um boneco gigante, preto, com corpo de boi e cabeça de galo. Depois, descobri que era o mascote do restaurante que ficava em frente, cujo nome era Tourigalo. Isso não me impede de chamá-lo de Vacagalo até hoje.

A caminhada era de quase meia hora até a universidade, mas eu fazia tudo com o maior prazer, mesmo no frio. Subi a ladeira e fui para a biblioteca. Achei uma salinha de estudos vazia, liguei meu notebook e procurei por alguns livros sobre cartografia. Enquanto passava pelas prateleiras, voltei a pensar na viagem. Ainda não tinha falado com a Luísa sobre o assunto, mas seria forçado pela inevitabilidade do tempo a fazer isso naquele dia, ou ela não conseguiria passagens para nos acompanhar.

Peguei dois livros na área de geografia, para variar, e fui para minha salinha. As salas eram bem pequenas, com espaço para uma cadeira e uma escrivaninha que tinha uma prateleira superior. Ali, passei muitas horas nos dois anos seguintes. Ao acomodar minhas coisas e ligar o computador, entrei na internet de maneira disfarçada. Acho que em um lugar cheio de jovens estudantes ninguém de fato me julgaria por entrar no Facebook e bater papo, mas sempre tive alguma vergonha de usar a internet da universidade para esse tipo de coisas. Mandei uma mensagem para a Luísa. Era manhã de uma quinta-feira, mas ela ainda estava em casa. Achei um pouco esquisito, porque eu sabia que ela fazia estágio e não podia ficar de bobeira assim, em pleno dia útil.

Conversar com ela pelo computador era como voltar no tempo. Me lembrava da época em que estávamos nos conhecendo ainda, trocando conversa boba, falando amenidades. Me sentia um idiota porque eu já a conhecia muito bem e era triste ver que tínhamos regredido tanto.

Perguntei o que ela estava fazendo em casa tão cedo, e me disse que não estava muito bem. Aquilo cortou o meu coração.

Quando estive em Madri, ela me contou que estava passando por uma fase difícil havia mais ou menos um ano. Estava com depressão e teve dias horríveis antes de decidir frequentar uma psicóloga e uma psiquiatra. Por isso, quando soube que ela estava sem coragem de levantar da cama para ir trabalhar, fiquei muito preocupado. Nós havíamos terminado o namoro cinco anos antes, mas eu nunca deixei de me importar com ela. Cuidar da Luísa sempre fez parte de mim. Sempre quis o melhor para ela.

Não perdi tempo e falei sobre minha viagem para Barcelona e como tudo tinha acontecido muito rápido no dia anterior. Chamei-a para ir comigo. Com a gente. Falei sobre o hostel que encontrei antes de dormir e no qual nós provavelmente ficaríamos, se eles ainda tivessem vagas. Fiz o meu melhor para vender a ideia e ela parecia interessada, mas não tomava a decisão.

De repente, ela começou a escrever bastante. Desabafando. Tinha se envolvido com um dos colegas de apartamento e ele estava agora viajando, visitando outra pessoa. Dizia que sabia que a tristeza dela era por causa da depressão, porque tinha certeza de que não gostava dele assim, mas não conseguia evitar. A doença a jogava para baixo em qualquer situação. Cada frase que ela escrevia me jogava para baixo também. Cruzei os braços na frente do computador, abaixei a cabeça e fechei os olhos.

Senti que ia chorar. Respirei fundo.

Contei para ela sobre como tudo sairia muito barato e seria maravilhoso, e ela voltou a ficar contente com a viagem. Entrou no site de passagens e encontrou bons bilhetes para ir de avião, mas ela só poderia ir na sexta-feira à noite, enquanto nós iríamos pela manhã. Logo estávamos fazendo nossas reservas no hostel. O site deles era um pouco confuso e acabamos fazendo nossas reservas separadamente. Escolhemos quartos de 6 camas, que tinham um bom preço, e eu enviei um e-mail para perguntar se eles poderiam garantir que ficaríamos todos no mesmo quarto.

Nessa hora, a Luísa parecia novamente a minha velha Luísa, ou a minha Luísa novinha, aquela dos velhos tempos, agitada com bons prospectos e feliz de ter planos tão divertidos. Nesse momento, não tinha dúvidas de que a amava loucamente, mas que não havia nada a fazer, pois eu já tinha jogado tudo isso fora anos antes.

Ela voltou a falar do colega de apartamento. Ele estava na França e não respondia a uma mensagem sequer. Luísa ficava triste e sua doença multiplicava isso por dez, cem, mil, e ela se sentia um lixo. Eu não sabia o que dizer, porque eu mesmo terminei com a Luísa porque me envolvi com outra pessoa. Assim, não podia simplesmente dizer que o cara era um babaca. Eu também tinha sido, mas a verdade é que, assim que me abalei por outra pessoa, terminei nosso namoro e não a enrolei nem um pouco.

Alguém bateu na porta de vidro da minha salinha de estudos e, quando olhei para trás, vi que era Tiago. Ele me cumprimentou e começou a conversar como se não estivéssemos na biblioteca, mas eu não conseguia ficar chateado com ele por causa disso. Ele era um cara legal demais. Nós tínhamos marcado de visitar um apartamento pouco depois do almoço. Queríamos sair da Residência Universitária antes da virada de ano, pois o preço que estávamos pagando era bem mais alto do que pagaríamos em um apartamento de dois quartos.

Falei para Luísa que precisava sair, mas que estava tudo resolvido. O hostel já tinha respondido ao meu e-mail e colocado nós quatro no mesmo quarto. Quando ela se despediu, parecia bastante feliz:

—Obrigada, Isaque. Você não sabe o quanto isso é importante para mim. Nos vemos amanhã à noite.

Só depois que desconectei a internet é que vi que ela me mandou outra mensagem antes de eu sair:

— E obrigada pelo bichinho de pelúcia, eu adorei.

Parei de respirar. Ela não tinha mencionado o bichinho de pelúcia antes e, se ela o viu (é claro que o viu), é porque também viu a carta que deixei em seu quarto quando voltei de Madri. Mais de um mês havia se passado e ela não havia comentado uma linha sequer sobre o assunto, então eu já estava esquecendo disso tudo.

Estava bastante frio do lado de fora, e eu coloquei meu cachecol e fechei o casaco rapidamente. Como estávamos no inverno, as árvores da universidade eram apenas galhos secos e até a grama parecia estar em seus últimos dias de vida. A Universidade do Minho fica em uma colina e o Restaurante Universitário na parte mais alta do campus de Gualtar. Até chegar lá, estaria com bastante calor de novo, mas não importava. Andamos conversando sobre as loucuras do Tiago, sempre cheio de histórias. Dessa vez, ele falava sobre como seus amigos ficavam revoltados quando ele apoiava Jair Bolsonaro, um dos políticos mais ridículos que o Brasil já viu. Eu não ficava revoltado porque sabia que ele fazia de propósito. Ele queria "causar" mesmo.

Chegamos ao Restaurante Universitário, quando lembramos que aquela era a inovadora "semana do hambúrguer", na qual algum nutricionista da universidade achou que não havia problemas em dar hambúrgueres para os alunos em todas as refeições, por sete dias.

Ao sair de lá, fomos direto ao apartamento que queríamos alugar, onde encontraríamos a dona.

Passamos pelo portão da universidade, viramos à direita, na esquina onde ficava uma de nossas pastelarias favoritas, sempre cheia de estudantes, atravessamos a passarela, pegamos a primeira rua e subimos alguns metros. Bem próximo à esquina estava o prédio e a proprietária, nos esperando.

– O apartamento é este – ela disse e só depois de um tempo percebi que ela se referia a uma janela que estava abaixo do nível da rua. Ela explicou que nos fundos havia uma porta para a garagem do edifício, que também estava acima do apartamento.

Aquilo me deixou aflito. "Vamos morrer afogados se cair uma chuva forte", pensei. "Nossos móveis vão apodrecer e vamos ficar sem nada". Tiago não estava nem aí.

Entramos, e estava tudo bem sujo. Ela disse que limparia antes de entrarmos. Começamos a andar pelos cômodos. Um dos quartos, que logo decidimos que seria o meu, tinha uma cama de solteiro e um armário embutido ao seu redor. O guarda-roupa era quase um closet, mas não em bom sentido: ela tinha ocupado a área embaixo da escada, mas tudo ali era improvisado. Tive medo de encontrar baratas. Morro de medo de baratas.

Saí de lá bastante preocupado. Pelo preço que pagaríamos, economizaríamos bastante em relação à Residência Universitária, mas o prédio era muito velho, o apartamento não estava em boas condições e nossos vizinhos eram estranhos.

Quando chegamos de volta ao nosso quarto, ouvimos a movimentação ao lado. Eulália e Ana estavam começando a arrumar as coisas delas, pois tinham data para voltar para o Brasil também.

Vê-las juntando tudo me deixou bastante triste. Elas eram amigas, irmãs, mães. Marcamos de jantar juntos em nosso terraço mais tarde, e eu fui descansar um pouco pensando que, apesar de estar ali havia menos de dois meses, já estava perdendo alguns de meus melhores amigos. O esforço de criar esses laços teria de ser refeito em breve para formar novos amigos e sobreviver ao solitário inverno de um estudante recém-chegado.

Pensar naquilo me deixava triste, e eu fiz questão de aproveitar bem aquela noite. Eulália comprou bastante comida para todo mundo. Comemos conversando sobre meu primeiro dia em Braga, quando elas me levaram para jantar em um ótimo restaurante, e onde comi o melhor bacalhau da minha vida. Não sei se é porque foi o primeiro, mas aquilo abalou minha existência. Ao sair do restaurante, fomos caminhando pela cidade, sem saber voltar para casa, e acabamos conhecendo o centro histórico. Rimos muito.

Certa hora Eulália se levantou e foi para o quarto. Voltou com várias coisas na mão.

— Gente, isso aqui são coisas que compramos, mas que não vamos levar para o Brasil. Vai ficar de herança para vocês.

Aquilo me deu vontade de chorar. Eram coisas simples: talheres, copos de plástico, pratos, xampus, guardanapos. Coisas tão pequenas, mas que mostravam o quanto éramos importantes. Elas estavam cuidando de nós até o último momento. Não sei se era porque eu era o novinho do grupo, e vizinho querido, mas Eulália me deu um grande tupperware cheio de várias coisas de cozinha.

– Toma, maninho. Para te ajudar a montar sua cozinha.

De fato, usei as coisas dela até voltar para o Brasil.

Terminamos nosso jantar e nossas conversas, abraçamos todo mundo e cada um foi para o seu quarto. Eu peguei uma cadeira e sentei ali fora, no frio. O inverno recém-chegado me gelava os ossos. Poucas vezes na vida tinha sentido algo assim. Ele atravessava as camadas de roupa, como quem não queria nada, e se instalava entre meu corpo e o casaco, criando uma camada úmida e gelada, com o objetivo de me matar.

Fiquei observando o céu. Assim como Mestre João percebeu em 1500, eu notei pela primeira vez que o céu do hemisfério norte é diferente do hemisfério sul. Observava cada estrela, imaginava constelações e pensava em minhas amigas e em como elas me fariam falta. Finalmente deixei cair uma lágrima. A primeira desde que havia chegado no Velho Mundo. Sentado ali sozinho, chorei a solidão em que me encontrava. Chorei a falta de meus pais, por mais que eu tivesse saído de casa, de fato, anos antes. Chorei também a falta dos meus amigos sempre presentes de São Paulo, João, Sandro, Isa, e dos velhos amigos de Vitória. Mas não a falta da minha namorada. Já não sentia coisa alguma por ela. Naquela noite, chorei a saudade que tinha de Luísa, ao lembrar de como tinha sido cruel quando terminei com ela pela primeira vez e, logo em seguida, namorei publicamente, e bem na frente dela, outra pessoa. Chorei a certeza de que ela era a pessoa com quem eu queria estar, apesar de não ter esperanças disso. Chorei por ter descoberto isso de forma tão óbvia que, para mim, foi de repente e surpreendente. E agora não sabia o que fazer.

Tentando me distrair, peguei o celular no bolso. Abri o Facebook e não sabia com quem falar. Olhava para a lista, via vários nomes, mas era a mesma coisa que nada. Como eu poderia me sentir tão sozinho e, ao mesmo tempo, não querer falar com aquelas pessoas conectadas? As amizades das redes sociais nunca foram tão vazias para mim. Na verdade, esperava encontrar alguém específico.

Recebi uma mensagem. Ela estava invisível no chat e me deu boa-noite, perguntou se estava animado para a viagem. De repente, meu mundo não parecia tão desesperador. Respondi logo, antes que ela desaparecesse novamente, como em passe de mágica. Falei que estava bem — por que é que nunca podemos estar mal? — e que nem tinha começado a fazer minha mala ainda. Me senti subversivo.

Enquanto conversávamos sobre nada, como dois desconhecidos, olhava para a tela do celular e tentava entender o que eu estava fazendo. Olhava para a foto dela, tentava passar os dedos em seus cabelos, mas a tela sensível do celular fazia tudo se mexer. Sentia uma vontade louca de abraçá-la e nunca mais soltá-la. Lembrava de como era tocar sua pele e a desejava. Sentia o quanto ela me acalmaria se estivesse do meu lado, se pudéssemos dormir abraçados, juntinhos, se ela me fizesse carinho até eu dormir.

— Que bom que gostou do bichinho de pelúcia — falei afinal. Quando saí de Madri ela estava trabalhando, e eu aproveitei para comprar um macaquinho que ela tinha adorado na loja da National Geographic. Ele era muito feio.

– E aquela carta que você deixou para mim?

Eu nunca soube me expressar bem verbalmente. Quando Luísa me disse que gostava de cartas, logo que começamos a namorar, fiquei feliz. Escrevemos várias um para o outro. Escrevi essa última lembrando dos velhos tempos. Passamos uma semana juntos na Espanha e não nos dissemos de verdade o que devíamos ter dito.

– É tudo verdade o que falei. Fiquei muito feliz de passar esses dias com você, e de ver que a gente ainda se dá bem, apesar de tudo.

Ela deu uma pausa.

– Eu também fiquei feliz.

Eu sabia que ela não queria ir mais fundo, que isso envolveria muito mais do que podíamos envolver agora.

– Você acha que um dia, se as circunstâncias deixarem, a gente poderia tentar de novo?

Mais uma pausa. Nem o pequeno lápis a indicar que a pessoa estava escrevendo do outro lado se mexeu. Abaixei o celular e parei de olhar para ele. Tinha vergonha e medo do que eu mesmo acabara de escrever e não conseguia mais olhar para a tela, esperando uma resposta. Voltei a olhar para o céu estrelado. Finalmente apareceu no horizonte uma das poucas constelações que eu reconhecia bem no céu: Escorpião. "Talvez os céus do Norte não sejam tão diferentes assim".

O celular tremeu.

– A gente não devia falar disso agora. Você está namorando a Ana.

Era tudo verdade. Ela logo voltaria para o Brasil, eu ficaria em Portugal por mais três anos, e minha namorada não só existia, como tinha a característica de ter sido amiga da Luísa bem antes de me conhecer. Só que nada daquilo importava. Nada mais importava. Porque ela não disse "não".

Dia 1

CAPÍTULO III

Barcelona

⁓Ↄ

Chegamos a Barcelona bastante cedo. Eu ainda estava com muito sono e impaciente. Tinha ido dormir tarde na noite anterior, fazendo minha mala. A impaciência era com Ulisses, que se atrasou e nos fez chegar no aeroporto em cima da hora. Tivemos que correr com vontade e fôlego pelo salão para conseguirmos chegar a tempo de embarcar.

Mas o voo foi divertido. Como disse, para conseguir passagens bastante baratas, a Ryanair cobra caro por todo o resto. Ulisses pediu um refrigerante que custava 5 euros e recebeu uma latinha de 120ml. Aquilo nos fez rir muito por alguns minutos, para logo depois fecharmos os olhos e dormir o que conseguimos.

Na Espanha, tivemos que nos virar. Nenhum de nós falava espanhol muito bem. Na verdade, não falávamos coisa alguma. Foi aí que descobrimos que todas as informações turísticas ali vinham em três línguas: inglês, espanhol e catalão. Rapidamente conseguimos um ônibus para a Plaça de Catalunya. Descemos e começamos a andar em direção ao litoral, pela Rambla. La Rambla é uma rua muito famosa na cidade, linda. No centro dela há uma área para pedestres toda arborizada, com quiosques de flores, barracas de artistas vendendo pinturas, roupas e bijuterias e comida, muita comida. Ao redor, grandes e pequenas lojas estavam cheias de turistas – era uma sexta-feira, véspera de Ano-Novo, em uma das cidades mais visitadas da Europa.

Nosso hostel ficava em uma travessa da Rambla, a Carrer de l'Hospital. Uma ruazinha medieval, espremida, com belos edifícios históricos. Na esquina com a Rambla havia uma estação de metrô, que facilitaria nossos passeios nos dias seguintes. Eu não poderia estar mais feliz. Ao chegar ao hostel, fizemos o pagamento adiantado e soubemos que tínhamos direito ao café da manhã e que haveria mais duas pessoas, além de nós quatro, dividindo o quarto nos próximos dias. Sem problemas. Era tudo festa.

Pegamos os travesseiros, toalhas e lençóis e subimos as escadas até o segundo andar. Nosso quarto ficava virado para os fundos e não tinha nada interessante para ver da janela. Eram três beliches em bom estado, apesar de haver várias coisas escritas na parte de baixo das camas superiores. Havia também cofres individuais, onde deixamos nossas coisas de valor. Terminamos de arrumar as malas e fomos caminhar pela cidade.

Sem pensar duas vezes, pegamos o metrô e fomos até a Sagrada Família. É muito difícil descrever o que pensei quando subi as escadas até a rua e vi as torres da igreja pela primeira vez. Eu não sou religioso, muito menos católico, mas como gosto muito de História e de arte, tenho uma paixão especial por igrejas, por um motivo que para mim é óbvio: as igrejas mais famosas foram feitas por grandes arquitetos e artistas de suas épocas, e representam o que a Igreja tinha de melhor. Além disso, costumam resistir mais tempo do que outros prédios, porque normalmente não são demolidas, apenas restauradas. Assim, elas são protetoras da arte antiga e de símbolos da alta arquitetura de diferentes momentos da humanidade. A Sagrada Família, iniciada no século XX com conclusão esperada para 2026, é um bom exemplo: projetada por Antoni Gaudí, talvez seja o maior símbolo e ponto turístico de Barcelona. Suas torres se sobressaem na cidade, muito mais altas que qualquer outro edifício. Um marco artístico e histórico.

Diante de uma das fachadas da igreja, eu olhava, assustado, para a altura das torres. Observava os incontáveis e impressionantes detalhes artísticos, característicos da arquitetura de Gaudí, e não deixava de notar os guindastes altos e amarelos que continuavam o demorado serviço. A fila de turistas dava a volta na igreja. Havia todo tipo de gente na espera para entrar. Eram os asiáticos, em grandes grupos, com grandes máquinas fotográficas; o grupo da terceira idade, com seus guias turísticos carregando bandeirinhas coloridas para identificação; famílias unidas; e muitos jovens em grupos pequenos, de todo canto da Europa, aproveitando o fim de ano para fazer mais uma viagem.

Ali bem próximo há uma praça, à qual nos dirigimos. Sentamos virados para a igreja e conversamos tranquilamente.

– Ela é alta pra caramba. – Foi o meu primeiro comentário. Era óbvio, mas eu não conseguia esconder que estava impressionado.

Na verdade, visitar igrejas é um dos meus passatempos favoritos. Lembro que encontrei outro fã de igrejas quando li o prefácio de uma edição portuguesa de Os Pilares da Terra, pouco tempo antes. Ken Follet, apesar de não acreditar muito nos poderes divinos, escrevia ser fascinado pela história e arquitetura das catedrais católicas. Começou a se interessar pelo assunto e decidiu escrever um livro que fugia totalmente da linha que ele seguia. Acabou lançando um dos livros mais adorados dos últimos anos. Naquela época, eu nem pensava em começar a escrever – bem, talvez pensasse, mas não pretendia fazer nada quanto a isso –, então apenas fiz o meu comentário.

– Pra caramba não, pra cacete mesmo – me respondeu Ulisses, sempre muito honesto. – Vocês não querem ficar aqui parados pra sempre não, né? Se quisesse descansar, tinha ficado em Braga!

Rebeca concordou com ele e perguntou o que poderíamos fazer, já que ele era o único que conhecia Barcelona. A resposta foi simples.

– Vamos tirar foto, né? Não dá pra vir até aqui e não se gabar.

Nos revezamos tirando as primeiras fotos da viagem. Ulisses estava usando um chapéu, e ficamos passando-o de cabeça em cabeça para tirar fotos diferentes. Rimos por algum tempo da dificuldade de inserir a igreja inteira em uma foto só. Dali a pouco, Rebeca me perguntou o que eu estava pensando, olhando quieto para a igreja.

– Queria que minha mãe estivesse aqui – respondi. – Ela ficaria tão impressionada!

Apesar de eu adorar a experiência de viajar sozinho ou de estar longe de tudo o que eu conhecia, muitas vezes me pegava pensando em como seria bom se alguém mais estivesse ali. Normalmente pensava em minha mãe e em meu pai. Às vezes no meu irmão e minha cunhada. Às vezes na Luísa. Quando falei isso para Rebeca, ela disse:

– Você é um fofo, Isaque. Continue sempre esse garoto lindo que você é.

Sorri, mas fiquei um pouco triste porque nunca pensava que seria bom se a Ana estivesse ali também. Resolvi não pensar mais nisso e aproveitar o dia. Estávamos nos divertindo bastante quando me levantei para ir para a grande fila da Sagrada Família e Ulisses disse que não iria.

– Você está falando sério que veio até aqui e não vai entrar? – perguntei. Eu preferia passar fome a deixar de conhecer a igreja.

– Ai, Isaque, vai catar coquinho. Eu já fui lá dentro, da última vez. Não vou pagar pra ir lá de novo. É só um monte de pilastra e vidro colorido. E é caro pra caralho.

Eu fiquei indignado. Não sabia o que fazer quanto a isso, e olhei para Rebeca para ver se encontrava uma voz de sabedoria. Ela devolveu o olhar, um pouco preocupada. Ela também queria ir, mas não queria que a gente brigasse por causa disso. Eu, nervoso, não estava ligando tanto assim de começar uma confusão.

– Me diz então: que tipo de turismo vocês querem fazer? Porque eu – balancei os braços em direção à igreja

– sou desses que gostam de entrar nas atrações, e não só ficar olhando de fora.

Ulisses me olhou como se sentisse tédio de mim, e disse que visitar coisas de turista não era tudo. O problema é que não era tudo só para ele, já que ele dizia ter visitado todas as coisas possíveis no passado.

– Já vi isso tudo, não vou gastar meu dinheiro à toa. A gente devia mais é andar durante o dia, ver a cidade, essas coisas de que você gosta, e aproveitar a noite! Com esse dinheiro a gente pode ir pras boates todas as noites. A vida noturna de Barcelona é ótima, viu?

Cansei. E, na verdade, admiti que provavelmente a vida noturna da cidade era realmente boa. O problema é que eu nunca gostei muito de sair para passar a noite em algum bar ou boate. Nunca entendi bem o motivo. É claro que o fato de eu ter começado a namorar aos 14 anos e praticamente não ter dado intervalos entre um relacionamento e outro ajudou a me deixar imune à necessidade que meus amigos tinham de passar noites em claro em busca de mulheres e diversão. A minha diversão sempre foi um barzinho tranquilo até não muito tarde (e, na maior parte das vezes, bebendo refrigerante), ou uma noite de filme, em casa ou no cinema. Existe vida melhor?

Comecei a sorrir sozinho, pensando nessa história toda, e a andar com meus amigos por outras ruas de Barcelona. Enquanto viajava em minhas memórias, eles me deram por vencido e me puxaram para continuar o passeio. A Sagrada Família tinha oficialmente ficado para outra hora, e eu era oficialmente o mosca-morta do grupo.

Seguimos por uma rua até chegarmos na Avenida Diagonal, que era muito longa, larga e arborizada. Assim que vimos a placa com o nome, eu e Rebeca começamos a rir e a falar que era ali, na verdade, que ficava o Beco Diagonal. Ríamos alto, procurando um muro de tijolos para bater nossas varinhas e entrar em um mundo mágico. Já nosso amigo, alheio à beleza das histórias de Harry Potter, nos olhou com nojinho.

– Vocês são loucos mesmo, que troço é esse de beco diagonal que é tão engraçado assim? – Quando explicamos, ele tentou diminuir nossa alegria. – Fala sério que essa porra é de Harry Potter. Você é uma criança mesmo, Isaque. E não esperava isso de você, Rebeca, tão crescida.

Pura elegância e sabedoria, ela apenas respondeu que gostava da história e que não achava que havia idade para lê-las. Eu teria atacado agressivamente se não tivesse me distraído com outra coisa. Era algo que tínhamos avistado à distância, mas só ali conseguimos ver por completo: a Torre Agbar.

Não há palavras para descrever esse edifício. Quer dizer, há: é um pênis. Um grande pênis vermelho, azul e cinza, maior que qualquer outro edifício de Barcelona (com exceção, talvez, da Sagrada Família). É preciso admirar a criatividade e a coragem de quem construiu aquele prédio. Ou melhor, não. Como conversamos brevemente ali na frente, em um mundo que luta pela igualdade de gênero, esses monumentos fálicos são fortes discursos em defesa da "virtude" masculina.

— Maninhos (naquela época, todos nos chamávamos de maninhos), vocês querem o quê? Que eles façam um prédio em forma de pereca?

— Não, querido — disse Rebeca. — Queríamos que não houvesse nenhum prédio com formatos de órgãos genitais.

Continuamos o assunto por um tempo, porque realmente não acreditávamos que houvesse um prédio como aquele. Fizemos algumas piadas bobas, para não perder nossa infantilidade, e começamos a traçar nossa nova rota olhando o mapa do metrô na entrada da estação Glòries, que encontramos bem em frente à torre. Ulisses tomou a decisão final e disse que nos levaria para ver "coisas lindas de se ver, pra vocês não ficarem tristinhos, minhas crianças". E o resultado foi realmente positivo: três estações depois, descemos do trem de superfície, andamos alguns metros ao redor de um parque e chegamos ao Passeig de Lluis Companys, onde fica o Arc de Triomf de Barcelona.

O Arco e a Sagrada Família são provavelmente meus monumentos favoritos de toda a cidade. Claro que em poucos dias e com companheiros desanimados eu não consegui ver tudo o que gostaria enquanto estive lá, mas achei realmente fascinante toda a urbanização naquela região. O passeio era uma grande pista ladeada por árvores lindas, com vários metros de comprimento e que terminava, do outro lado, no Arco de Triunfo. Nessa grande pista, todo o tipo de gente aproveitava aquele dia superagradável na cidade.

Nós saímos de casaco do hostel, porque começamos nosso dia muito cedo, mas àquela hora o sol já estava alto e o excesso de roupas passou a incomodar. Amarrei o casaco na cintura e segui caminhando pelo meio do passeio, maravilhado com a paz e a alegria daquela cena. Logo em frente, uma menina de uns 8 anos, com cabelos castanhos em trança e vestindo uma blusa rosa, aprendia a andar de patins. O resto da família ia mais à frente e o pai dela ia e voltava, sempre de olho. Não pude deixar de sorrir. Em volta, vi casais andando de mãos dadas, conversando calmamente e, dos lados, pessoas sentavam com suas toalhas na grama e faziam piqueniques, como todo bom europeu gosta de fazer. Tinha bastante gente, e estavam todos aproveitando o lugar.

Mais à frente, parei, fascinado, para ver algo que nunca tinha visto. Um homem estava dando play em um rádio no chão. Ele era baixo, careca, e tinha um corpo atlético, bem definido. Em uma das mãos, ele segurava algo que parecia um grande bambolê, um círculo quase do tamanho dele. Fiquei intrigado, pois seria engraçado se ele começasse a rebolar ali e girar o maior bambolê que eu já tinha visto. Mas o que ele fez foi outra coisa. De repente, ele pulou em direção ao chão, mas, em vez de cair, colocou suas mãos e pés nas bordas do círculo e começou a girar pelo passeio. Foi uma cena linda. Lembro que fiquei pensando como é que ele não girava em cima da própria mão, mas ele claramente tinha uma técnica para isso. E ele não apenas girava em uma direção, mas começou a usar o peso do corpo para fazer algo como uma dança.

Enquanto ele estava lá, nem percebi que mais alguém se preparava para acompanhá-lo. De repente, apareceu outro bambolê gigante, dessa vez com uma mulher. Ela rodava pelo passeio com graça e harmonia, e várias pessoas pararam para vê-la. Mas uma hora meus amigos me puxaram, porque senão nunca chegaríamos ao outro lado. Seguimos calmamente e vimos um mágico se apresentando. Ele tinha conseguido juntar o maior círculo de pessoas do lugar, e nós paramos mais um pouquinho para ver, sem nos prender muito. Chegamos então a umas barracas brancas, quase em frente ao monumento. Fomos convidados a entrar e descobrimos que era uma propaganda turística de Sevilla, uma cidade que fica no sul da Espanha, com bastante influência do período em que os mouros – povo árabe – viveram ali.

Também não ficamos muito tempo, mas o suficiente para ganhar uma flanela da cidade, que podia ser usada como bandana para aparar os ataques do sol. Ficamos felizes, saímos e finalmente chegamos ao arco.

Ele é lindo. Eu sempre gostei muito de construções feitas com aqueles tijolinhos vermelhos. Costumava dizer para todo mundo que moraria em uma casa feita desses tijolos e até hoje tenho uma queda por eles. E o arco é completamente feito deles. Sua cor, entre marrom e vermelho, é muito viva e o monumento se destaca na paisagem, podendo ser visto de longe. Os adereços dourados que o circulam na parte superior lembram a bandeira da própria Espanha. Demos uma volta por ele e depois sentamos à sua sombra em um pequeno poste – acho que o nome daquilo não é poste, mas era algo de metal baixo e grosso que parecia impedir que carros entrassem no passeio, e tinha vários deles ao redor de toda a área.

Fiquei ali, admirando a paisagem. Vi as pessoas passando, os turistas tirando fotos. Levantei, fui até o arco e encostei minhas mãos. Senti a superfície gelada e lisa dos tijolos e pensei, não pela última vez, no quão bom era estar vivendo aquilo tudo. Não tem jeito: viajar, conhecer outros lugares, culturas, pessoas, histórias, não tem preço. Sempre que viajo e vejo algo tão bonito e inspirador quanto o que vi ali, é como se eu pudesse explodir de satisfação. Como se eu tivesse encontrado algo que realmente importa.

Mas era algo que realmente importava só para mim. Mais uma vez, meus amigos me puxaram, e eu não pude relaxar e aproveitar o momento como gostaria. Dali, fomos procurar um lugar para almoçar. Descemos uma rua por alguns quarteirões e chegamos a uma praça simples, com um monumento no meio. Rebeca falou que ele parecia ter sido feito por Gaudí também, e Ulisses logo fez questão de dizer que sim. Se ele estava falando sério ou não, talvez nunca descubra. Nunca mais vi o monumento e acho que nem saberia procurá-lo hoje em dia. Sei que era uma elevação em diferentes tons de azul, parecendo mesmo uma onda.

– Vamos tirar foto pra mandar pros amiguinhos? – perguntou Ulisses pra mim, pois eu estava com a melhor câmera do grupo.

Acabamos usando as câmeras de todo mundo e tiramos várias fotos ali em volta.

Poucos quarteirões para frente encontramos um Walk to Wok, um restaurante asiático que o Ulisses parecia conhecer e gostar muito e que era realmente legal. O conceito é você pegar a sua comida, como em um self-service, onde todas as carnes são expostas cruas. Você precisa pegar e levar até um cozinheiro que fica com uma grande chapa quente, e ele prepara a carne para você, ali na hora, na sua frente.

Depois de comer, voltamos pelo passeio, me despedi do arco – para desespero dos meus amigos, que me achavam dramático demais –, atravessamos a rua e entramos no parque que vimos assim que descemos do trem de superfície. Ulisses já tinha falado que aquele era o Parc de la Ciutadella. Ele é bem grande e abriga diversas coisas, como o Parlamento local, um bonito jardim, o zoológico da cidade e uma linda fonte dourada, conhecida como Cascada Monumental. E ela é realmente monumental, alta, com belas estátuas e esculturas em ouro espalhadas por todos os lados. Era realmente fascinante.

Foi só quando fomos tirar uma foto juntos em frente à fonte que notamos que já estava anoitecendo. Perdi todas as esperanças de convencê-los a ir ao zoológico ou conhecer o jardim do parque.

– Nem fodendo que eu vou entrar em alguma coisa agora – disse Ulisses. – Além de caro, não vamos ficar nada! Bota na sua cabecinha que não vai dar pra gente ver tudo!

Dessa vez fazia sentido, mas fiquei chateado com o tom de voz dele, sempre muito certo de si e desdenhoso. Ou pelo menos era isso que eu começava a achar depois de um dia inteiro de indelicadeza da parte dele. Me contive e perguntei o que poderíamos fazer então. Rebeca deu a ideia de olharmos o mapa e ver o que havia entre nós e nosso hostel. De repente, dava para ver mais alguma coisa pelo caminho. Então, começamos o retorno.

CAPÍTULO IV

Decisão

Saímos do parque e decidimos caminhar próximo ao litoral, aproveitando para conhecer mais um pedaço da cidade. Descemos o parque até chegar ao Passeig de Colon, uma avenida larga que leva à marina. Vimos um edifício muito bonito à esquerda e decidimos entrar. Ulisses falou que era uma estação de trem e, de fato, ao passarmos pela porta estávamos em um belo saguão de mármore, onde mais à frente já era possível ver os trens que esperavam a hora para seguir seus caminhos.

Andamos um pouco pela estação. Reparei no cuidado com que ela havia sido feita. Os detalhes das colunas, o teto abobadado com o centro em vidro, deixando as poucas luzes que restavam no dia iluminar os passageiros que procuravam suas plataformas. Ao nos aproximarmos dos trens, notei mais uma vez — e nunca deixei de notar enquanto morei em Portugal — que não havia qualquer tipo de catraca para entrar nas plataformas. Passageiros precisavam apenas ter seus bilhetes em mãos na hora em que alguém responsável resolvesse verificar se estava tudo de acordo.

É claro que em alguns lugares você acaba encontrando portões ou catracas que impedem qualquer pessoa de entrar em um trem, mas o normal é encontrar essa liberdade toda. Me lembrei, na hora, de quando eu e Luísa pegamos um trem, em Madri, para um passeio em Toledo. Uma viagem de meia hora por uma paisagem melancólica e um pouco árida, trocando conversas simples e lendo sobre a cidade em um guia sobre a Espanha. Não conseguia acreditar que, em poucos dias e conversas, nossa situação tivesse saído de uma mera amizade em nome dos velhos tempos para uma lendária esperança que provavelmente só existia do meu lado da história.

De lá, continuamos nosso caminho até chegar à marina, onde há um largo e comprido passeio para pedestres. Nessa hora, o sol já estava baixo e o céu, com uma cor alaranjada. Ali também as pessoas andavam tranquilamente, a pé, de bicicleta, de patins. Muitos turistas conversando para lá e para cá, tirando fotos e aproveitando os últimos dias do ano. Nós também aproveitamos para sentar em um banco e conversar um pouco, sentindo a brisa do mar.

Tiramos mais algumas fotos e, quando fui fotografar meus amigos, vi que, bem ao fundo, havia um grande obelisco com uma estátua no topo. Ela apontava em direção ao mar. Não tive dúvidas de que era um monumento às grandes viagens que levaram à descoberta da América. Colombo estava ali, a muitos metros de altura, indicando o caminho para as Índias.

Fiquei emocionado. Como historiador e brasileiro, passear por Portugal e Espanha é ver de perto a outra parte da nossa história. Até mesmo em Braga, que no começo para mim não tinha lá relações diretas com o Brasil, encontrei diversos brasileiros visitando o arquivo distrital, onde está grande parte dos registros de nascimento dos portugueses – os registros eram feitos pela Igreja, e Braga sempre foi a capital religiosa do país. Assim, todo brasileiro que busca sua genealogia e tenta a cidadania europeia precisa, de alguma forma, ver os registros que estão lá. Não há como escapar, estamos ainda hoje interligados.

Pedi para tirar uma foto com Colombo ao fundo. A foto acabou escura, por causa do céu brilhoso, mas valeu a pena. Tirei outra com o celular.

– Vai mandar pro seu amorzinho, é? – perguntou Ulisses, fazendo uma cara de besta. – Vai dizer que está com saudadezinha?

Olhei para ele com alguma dúvida e só depois percebi que ele estava se referindo à Ana. Eu já havia me esquecido completamente dela a essa hora. Com um celular de Portugal, eu não estava com vontade alguma de fazer uma ligação ou mandar um SMS para fora do país, e então avisei que provavelmente ficaria fora do ar todos os dias. E, sinceramente, foi assim mesmo.

– Maninhos – começou Rebeca, interrompendo meus pensamentos –, e o que vocês querem fazer hoje à noite?

Eu ainda não tinha pensado em nada. Eu nunca fui de sair muito à noite e não ligaria de fazer algo tranquilo, como ir a um barzinho próximo e pequeno e ficar conversando até dar sono. Quando comecei a falar algo assim, fui rapidamente cortado por Ulisses.

– Nem vem, Isaquinho, sentar no barzinho a gente faz lá em Braga. Aqui nós vamos pra festa e pronto!

– Mas pra que festa a gente iria? A gente não sabe de nada por aqui.

– É por isso, seu bobinho, que eu peguei todos os papeizinhos que tinha em cima do balcão lá do hostel! Tá me achando com cara de sonso? Ninguém vai dormir hoje!

Rebeca, mais animada do que eu com a ideia, sentou do lado de Ulisses e pediu para ver os panfletos coloridos. Ela olhou pra mim e sorriu, e eu entendi que não tinha jeito mesmo. Sentei do lado deles e começamos a olhar juntos.

Muitos dos panfletos eram de festas de virada de ano. Havia casas de shows com eventos fechados, grandes boates próximas à marina e outras opções que pareciam ótimas para Ulisses, mas eram absurdamente caras. Além disso, queríamos algo para aquela noite, e não para a seguinte.

– Bicho, por que a gente não olha esses de Ano-Novo depois? – perguntei, doido para evitar uma discussão que seria muito chata no dia seguinte. Tinha certeza de que havia várias maneiras baratas de passar o Ano-Novo e não queria gastar muito dinheiro com essas festas grandes. Na verdade, eu nem tinha esse dinheiro.

Separamos os eventos marcados para o dia 30 e começamos a escolher. Havia um outro tour pela cidade, mas eram durante o dia, então já haviam acontecido. E também festas fechadas, pelas quais Ulisses logo se interessou.

– Mas, Ulisses, acho que não dá para ir nessas festas – disse Rebeca. – Elas começam cedo, e eu acho que a Luísa não vai ter chegado ainda.

Realmente, Luísa disse que chegaria perto das dez da noite e, estranhamente, aquelas festas começavam antes, e a gente não tinha ideia de como chegar nelas.

De repente, Rebeca separou um papel e falou:

– Olha esse, que legal!

Era um convite do próprio hostel para um tour noturno por pubs e bares de Barcelona. Por uns dez euros por pessoa, a gente poderia se juntar ao grupo e, acompanhados de um guia local, conhecer quatro diferentes bares em uma noite. Concordei imediatamente. Eu odeio boates, mas adoro bares e pubs. Além disso, o grupo estava marcado para sair às 22:30, então daria tempo para Luísa chegar, deixar as coisas dela no quarto e ainda tomar um banho ou descansar um pouco antes de começarmos o passeio.

Ulisses gostou da ideia e aceitou deixar as boates para outro dia.

– Mas vocês vão ficar na rua comigo até amanhecer, seus safados. Não vim a Barcelona pra ficar dormindo.

Os dois começaram a conversar sobre o que fazer nas noites seguintes, enquanto eu pensava. Estava realmente contente com a solução e tinha certeza de que Luísa também iria gostar. Relaxei no banco e olhei para o lado, para a estátua de Colombo. Mais uma vez caiu a ficha – como já havia caído muitas vezes antes e cairia ainda muitas depois: eu estava na Europa.

Eu já estava morando em Portugal havia dois meses, praticamente, mas em todo o período em que estive lá não me senti completamente normal quanto a isso. Estar ali, com novos e velhos amigos, conhecendo uma das cidades mais famosas do mundo, fazendo planos para festas e passeios, era algo surreal para mim. Sempre agradeci muito a meus pais por terem me dado um apoio inacreditável nessa aventura. Sem a ajuda deles eu nunca teria ido para Portugal. Na verdade, não teria ido nem a São Paulo, para fazer o mestrado.

Ao mesmo tempo eu me sentia um pouco triste, por estar gastando o dinheiro deles não só ali em Barcelona, na gandaia, mas até mesmo em Braga. Naquela época o euro ainda tinha uma boa cotação, mas não deixava de ser muito dinheiro, e eu não tinha um tostão. Todo o meu dinheiro vinha do meu pai, e minha mãe, quando podia, mandava alguma coisa também, e me ajudava em tudo o que eu não podia resolver estando tão longe. Isso me incomodava e me dava vontade de conseguir um emprego por lá para me sustentar. O problema é que era final de 2011 e tanto Portugal quanto Espanha estavam totalmente afundados na crise que começou em 2008, nos Estados Unidos. Se nem os portugueses estavam conseguindo se manter, como eu conseguiria?

Isso me deixou um tanto para baixo, mas ouvi algo da conversa dos dois ao meu lado e, pegando o fio da meada, percebi que eles estavam falando sobre o quanto pretendiam gastar na cidade.

— Vou ter que pedir mais dinheiro pra sobreviver, quando voltar — eu disse, esquecendo completamente minhas preocupações. A Europa era boa demais para eu não aproveitar.

Havia também o fato de eu estar fascinado com a ideia de acontecer alguma coisa entre Luísa e mim. Ela com certeza iria chegar e querer fazer de tudo, porque ela sempre foi assim, e eu não teria a coragem de dizer "não" para alguma coisa e vê-la ir se divertir sem mim. Estava disposto até a ir a alguma boate qualquer, se o Ulisses conseguisse convencer Rebeca e ela a passar a noite ouvindo música eletrônica.

Voltei para a conversa e comentei que se seguíssemos as dicas disponíveis no hostel, com certeza encontraríamos coisas bem legais para fazer pela cidade, provavelmente encontraríamos companhia também, mas principalmente coisas baratas o suficiente para mochileiros de todo o mundo aproveitarem. Rebeca logo concordou, e combinamos que, assim que voltássemos para nos arrumar, procuraríamos mais dicas do que fazer.

Levantamos, andamos até o monumento onde estava a estátua de Colombo, que ficava exatamente no fim da Rambla, onde ela encontra o mar. Dali, seguimos mais algum tempo passeando em direção ao hostel, até Rebeca comentar que estava com fome. Ulisses lembrou que nós não tínhamos nada de comer no quarto, então não havia alternativa a não ser encontrar um lugar para jantar alguma coisa, porque a noite já estava sobre nós.

Andando por ali, encontramos um restaurante que parecia catalão o suficiente, ou turístico o suficiente, e entramos. Pegamos uma mesa no segundo andar, perto de uma grande janela, para ver um pouco do movimento enquanto comíamos. Ulisses insistiu que deveríamos pedir tapas, que pode ser entendido como o petisco que nós brasileiros pedimos quando vamos a um bar. Há diversos tipos diferentes de tapas, que são servidas exatamente para acompanhar algumas garrafas de cerveja. Nós não queríamos beber muito, mas pedimos um chope para cada um enquanto comíamos e jogávamos conversa fora.

Lembrando das vezes que saí com Luísa para beber em Madri, resolvi tirar uma foto do copo de cerveja e mandar para ela, só para lhe dizer que estava perdendo a festa e que deveria apressar o passo. Peguei o celular, tirei a foto de qualquer jeito e tentei enviar, mas não deu certo. Futuquei as configurações de conexão de dados, para ver se conseguia um sinal internacional, mas nada. Foi só depois que desisti de tentar que reparei ter me esforçado bastante para fazer uma coisa pela Luísa que eu não tinha nem cogitado fazer pela Ana.

Isso me deixou um pouco para baixo, e comentei com meus amigos:

— Isso não é estranho? Eu estou com a Ana há quase dois anos e, de repente, por causa de uma mensagem simples que eu mesmo resolvi interpretar de forma esperançosa, larguei a menina de lado completamente e só consigo pensar na outra. Nem eu consigo me entender.

— Você é um viadinho! — disse Ulisses, e eu não consegui perceber a relação do comentário dele com o que eu tinha acabado de dizer.

— Eu sou? — perguntei, agora para Rebeca.

— Claro que é. — Ulisses puxou a conversa de volta para ele. — Por que é que você não terminou com a Ana de uma vez, se você vai ficar nessa putaria de "Luísa pra cá", "Luísa pra lá"? E agora a gente tem que ficar limpando suas lágrimas e dizendo que vai ficar tudo bem, bebezinho.

Eu não terminei com a Ana antes porque eu estava com medo. Essa era a verdade. Quer dizer, talvez não seja. Eu tinha, sim, algum medo de ficar sozinho demais em Portugal, no início, de não conhecer ninguém e não me enturmar e acabar vivendo os dias sozinho e abandonado. Mas eu não acreditava que isso aconteceria de verdade. O que aconteceu, no final, foi tão distante disso que fui obrigado a jogar no lixo a ideia de que eu sou um cara tímido e fechado demais. Então, o que foi que me impediu?

Bem, eu nunca gostei de estar com alguém simplesmente por estar. Via meus amigos e minhas amigas se envolvendo com pessoas de maneira rápida, sem compromissos e com o objetivo de ter uma noite divertida, por exemplo, mas isso não funcionava para mim – mesmo. Nunca quis isso, e nunca me atraiu. Meu negócio sempre foi investir em um relacionamento e tirar dele o que eu conseguir de melhor. Isso teve um lado bastante positivo, porque me deu a oportunidade de conhecer com profundidade algumas pessoas e me envolver por completo com elas. Luísa foi uma dessas. Porém, rapidamente isso me fez conhecer o outro lado nem sempre positivo de outras. Me envolvi com pessoas muito difíceis, que inventavam histórias absurdas para conseguir atenção, ou que eram capazes de fazer muita coisa para se sentirem vivas e atraentes, ou ainda que se envolvem por puro interesse – a fim de se aproveitar de coisas que outros têm. Nunca fui tão usado e manipulado do que quando estive com algumas dessas mulheres – bem, aquelas meninas, o que me faz torcer para que elas tenham crescido e mudado de lá para cá.

Com a Ana, a situação foi diferente. Não acho que ela fosse como as outras. Não era esse tipo de coisa que ela normalmente buscava ou pelas quais se interessava, e nisso ela merece o meu respeito. Mas o problema dela, na minha opinião, era também muito ruim. Ela simplesmente gostava de discutir. Não sobre nossa relação, mas sobre tudo. Ela gostava de discutir com todas as pessoas e sobre diversos assuntos. Eu posso estar errado, mas era como se ela tivesse uma vontade constante de apresentar seus argumentos e ganhar uma discussão. Eu, que sempre fui um cara quieto, comecei a me preocupar quando percebi o jeito dela de ser. Quando decidi ir para Portugal, pelo menos sabia que eu não precisaria mais ficar vendo-a puxar um assunto específico e criar motivo para discussão com outras pessoas.

Isso deveria ser um sinal forte de que alguma coisa estava errada em nosso relacionamento, mas, como estava falando, eu entrava em um namoro para vê-lo durar. Era um investimento. Não via por que eu deveria terminar sem dar umas boas chances de fazer as coisas darem certo. Eu era bem bobinho mesmo.

Comecei a tentar explicar a história para Ulisses e Rebeca, e eles me perguntaram:

– Se a Luísa é tão maravilhosa perto das suas outras namoradas, por que é que você terminou com ela?

Essa era a parte realmente complicada.

– Nós começamos a namorar quando eu tinha meus 17 anos ainda, e a Luísa, seus 13!

Já aí minha história sofreu uma longa pausa para eu ouvi-los repetir, com veemência, que o que eu fazia era crime. Rapidamente expliquei que as coisas não eram bem assim.

– Nós não fazíamos nada naquela época. Eu gostava dela. Nosso namoro era trocar beijinhos na frente da escola, passear no shopping e assistir à TV na casa dela.

Ulisses tinha um olhar suspeito.

– E você, marmanjo de 20 anos, conseguia viver de beijinho e mãos dadas?

Eu ri, lembrei que eu tinha era 17 – "praticamente 18!" – e que realmente estava satisfeito com nosso relacionamento, na época.

– O problema – continuei – é que, mesmo depois que a Luísa ficou mais velha, nada mudou. Nós namoramos por dois anos e meio e, com seus 16 anos, nossa rotina ainda era passear no shopping e ver TV na casa dela. Nessa época eu já estava na faculdade, tinha ganhado um carro do meu pai, e queria dar voltas por aí, sair com meus amigos, e simplesmente não podia levar a Luísa comigo. Ela estudava quase em frente à universidade, e eu não podia levá-la para casa.

– Claro, idiota! – disse Ulisses. – Você queria que os pais dela simplesmente deixassem você carregar a menina para o mau caminho?

A verdade, falei para eles, é que não havia mau caminho. Eu não bebia nada na época além de Fanta Laranja, e meus amigos tinham várias brincadeiras sobre isso. Sempre fui um cara muito tranquilo até em relação ao tipo de festas que frequentava, e posso contar nos dedos as vezes que virei a noite na rua.

– Tenho certeza de que o Isaque era muito certinho, porque ele é todo certinho até hoje – falou Rebeca. – O problema, eu imagino, é que desse jeito vocês não tinham novidades no relacionamento. E deve ser muito cansativo mesmo ficar fazendo as mesmas coisas todo dia, e sendo vigiados constantemente pelos pais dela. Além de parecer que eles não confiavam em vocês, mesmo depois de tanto tempo.

– É exatamente isso! – respondi, olhando para ela e para Ulisses. – Chegou uma hora que eu não aguentava mais ficar sentado naquele sofá vendo TV, nem passar as tardes na livraria do shopping. Eu queria algo diferente, e a Luísa não conseguia me oferecer. Essa parte foi muito triste porque, no final, a culpa não foi dela.

– Mas então – perguntou Rebeca –, você simplesmente terminou com ela e pronto?

– E chorou um monte, com certeza – completou Ulisses.

– Bem, na verdade, o que aconteceu é que nós tínhamos uma amiga chamada Aline. – Mais uma vez fui interrompido por uma onda de protestos. Fui chamado de muitas coisas nessa hora. E dessa vez eu não tinha argumentos. A história ficava realmente podre para o meu lado nessa parte. – Luísa viajou com os pais dela por algumas semanas e, nesses dias, eu e vários amigos estávamos organizando e participando de um evento. Essa amiga ajudou muito e era muito participativa. Nós acabamos ficando mais próximos e, no final do evento, nós iríamos para o sítio de um amigo passar o fim de semana. E lá acabou rolando algumas coisas entre a gente.

– Você é um puta de um cafajeste do caralho! – Não preciso nem dizer quem disse isso.

– Fui, sim. Eu não tenho explicações plausíveis para o que fiz nessa época, além da verdade: eu fui um idiota.

Rebeca sorriu e brindou à minha sinceridade. Os dois ainda estavam doidos para saber o fim da história, mas estava quase na hora da Luísa chegar, e resolvemos levantar e voltar ao hostel para nos arrumarmos para a noite. No caminho, fui contando o resto.

– Basicamente, o que eu entendi de tudo o que fiz naquele fim de semana foi que eu gostava mais de uma do que da outra. Na minha cabeça infantil, era a única resposta. Assim que a Luísa voltou de viagem, eu me sentei com ela, contei o que tinha acontecido e terminei nosso namoro. Foi uma das piores coisas que fiz na vida. Nunca vou esquecer de como ela chorou naquele dia. Até a outra aparecer, acho que não havia acontecido nada de ruim entre nós dois. Foi muito difícil pra ela entender o que tinha acontecido enquanto ela esteve fora.

Quando terminei de contar, Rebeca parou de andar, olhou para mim com uma cara de decepção por algum tempo. E eu não respondi, porque concordava com ela.

Atravessamos a Rambla e pegamos a rua do hostel, andando agora em silêncio. Todos estavam pensando em como eu destruí o coração de uma adolescente apaixonada. Quando entramos no hostel, Ulisses voltou ao assunto:

– Eu não sei nem por que ela ainda fala com você, seu cachorro.

Eu abaixei a cabeça, e disse:

– Você ainda nem ouviu tudo.

Os dois voltaram a me olhar, preocupados, sem saber como eu poderia machucar mais ainda a menina.

– Como nós éramos todos amigos na época, continuamos a nos encontrar sempre, e eu nunca tentei esconder da Luísa o meu namoro com a Aline. Ela sofreu muito nessa época, tendo que ver nós dois juntos o tempo todo.

Ulisses já estava de boca aberta, sem acreditar na minha crueldade e falta de sentimentos.

– O pior é que, algumas semanas depois, eu fui ao cinema com a Luísa e mais alguns amigos, ver um filme do Adam Sandler, em que ele tem um controle remoto para voltar no tempo...

Nessa hora, fui interrompido pela Rebeca:

– Ai, Isaque, eu vi esse filme. Vai me dizer que você se arrependeu, igual ao personagem, e quis voltar?

– Eu não só quis, como voltei. Nesse dia um amigo nosso estava todo interessado na Luísa e, juntando o filme com os ciúmes do dia, pedi para voltar com ela. No dia seguinte ela me procurou na universidade e disse que aceitava. Eu fiquei feliz, mas o fato de que nós continuávamos presos na rotina não mudou, e a Aline continuou atrás de mim sem parar. Eu acabei corrompido pelo lado negro da força e, acho que um mês depois, terminei de novo e voltei a namorar a Aline.

– Isaque – disse Ulisses, já sem paciência comigo –, você deveria ir para o inferno.

Eu ri, porque há anos eu me recriminava por tudo que tinha feito naquela época.

— E agora você está aí, falando que está todo apaixonadinho por ela de novo. O que te faz achar que ela vai te dar alguma bola?

— Eu não sei, gente, eu não sei.

Nessa hora, ouvimos um barulho no corredor. Passos vindo em nossa direção. De repente, a porta abriu, e era ela. Não tive mais dúvida alguma. Aconteceu algo comigo enquanto eu estava em Madri. Eu vi a Luísa de dois jeitos lá. Por um lado, ela continuava a mesma pessoa maravilhosa que ela sempre foi. Por outro lado, ela parecia perdida, porque estava sofrendo de depressão, e eu senti uma vontade incontrolável de ajudá-la, e tive a certeza de que eu era a pessoa certa para estar do lado dela nos momentos difíceis. Pensei: "Chega de achar que minha vez passou, que outra pessoa vai fazê-la feliz. Talvez não haja outra pessoa. Talvez seja eu mesmo". E eu decidi, ali, olhando para ela, que eu não iria desistir.

CAPÍTULO V

Reunião

Ela estava simplesmente perfeita. Seu sorriso sincero e divertido cobria seu rosto de ponta a ponta. E ela estava muito bem arrumada, com um elegante casaco de frio marrom-escuro. Luísa não é uma mulher alta, com seus 1,63m, e parece pequena perto de mim. Naquela época ela estava alguns quilinhos acima do peso, que vieram nos meses difíceis da depressão, mas não fazia diferença. Seus cabelos estavam especialmente cacheados nesse dia, cachos que sempre adorei, e ela estava usando um batom vermelho-escuro que tinha me conquistado nas noites que saímos juntos em Madri. Era como se ela tivesse voltado a ser minha Branca de Neve – pele branca como a neve, cabelos pretos como o ébano e os lábios vermelhos como o sangue. Há tentação maior?

Abri um sorriso de volta para ela e falei:

– Ei. – Assim, cheio de personalidade e criatividade.

Ela respondeu com um "ei" muito mais interessante, quase saltitando de disposição e alegria. Era uma loucura. Não havia acontecido nada, e eu estava ali já todo besta.

Ulisses pulou na minha frente, ignorando minha mente avoada, e se apresentou para ela, completando:

– Finalmente conhecemos a famosa Luísa! Bem-vinda, querida. Esta aqui é a Rebeca.

Todos se cumprimentaram, Luísa colocou a mochila na cama, abriu o zíper e disse:

– Eu trouxe chocolate pra todo mundo!

Era uma caixa de bombons da Lindt. Todo mundo suspirou de emoção com aquela beleza, e eu não me contive:

– Você é perfeita, cara.

Ela, rápida no gatilho, devolveu:

– Pois é, por que é que você terminou comigo?

– Pois é, né? – alfinetou Ulisses.

Parecia só uma piada, mas eu não deixaria isso passar sem elevar minha barra de chances em 20%. Começamos a comer os bombons enquanto conversávamos alegremente. Meus três amigos aproveitaram esses minutinhos para falar um pouco mais sobre suas vidas e sobre os planos que estávamos definindo para mais tarde. Luísa disse que estava cansada da viagem, mas que não deixaria de sair com a gente para fazer o tour pelos bares de Barcelona. Afinal, beber era com ela mesma. Ela voltou a abrir a mochila, pegou roupas e foi tomar um banho, para começar a se preparar para a noite.

Todos nós tínhamos que tomar banho também, mas Ulisses e Rebeca ficaram ali esperando a Luísa sair, para conversar comigo.

– Ela é muito fofa, Isaque! – falou a Rebeca, toda animada. – Você escolhe muito bem! Parabéns.

Agradeci, sorridente também, como se a conquista já estivesse garantida. Enquanto ela buscava as roupas dela para ir tomar banho, Ulisses me olhou com um sorriso cruel, e atacou:

— Isaque, de novo, essa menina é boa demais pra você. Então, se você quiser mesmo tomar uma atitude, não perca tempo, meu filho.

Fiquei sério, e disse que ainda não sabia o que fazer direito. Estava sentindo tantas coisas diferentes. Apesar de toda a vontade de estar com ela, tinha medo de simplesmente estragar tudo mais uma vez e a verdade é que eu acreditava, de verdade, que a próxima chance — se ela existisse — seria a última. Eu não podia estragar tudo de novo.

— Aqui, bobinho — começou Ulisses. — Eu gostei dela, ela é 'mó' legal, né? Se você não fizer nada, eu faço.

Olhei para ele e, admito, me senti uma criança. Era como se ele dissesse que pegaria meu pirulito se eu não o chupasse, ou tomaria meu boneco se eu não fosse brincar com ele. Eu sei que tudo isso é horrível de se pensar, mas o que quero dizer é que já naquela hora eu me sentia tão ligado a ela, e tão certo de que eu é que a faria feliz, que passei a responder a brincadeiras como a do Ulisses mostrando unhas e dentes, defendendo o território.

Isso é outra coisa horrível de se pensar. Luísa não era e nunca será um território, e nunca será uma posse minha, mas na época eu não sabia lidar com tudo isso direito. Eu queria ser o seu escolhido, e estava com tanto medo de ela me negar no fim do dia, que passei a temer até acontecimentos impossíveis — como a chance de rolar alguma coisa entre os dois.

O que posso dizer é que, naquela hora, tudo o que eu consegui expressar foi:

– Não, você não pode!

Ele me olhou com uma cara de quem estava se divertindo com a minha tolice e respondeu:

– Claro que posso! Ela é bonita, e solteira, e você está aí, de namorada. Ou já esqueceu da Ana de novo?

Rebeca ficou com pena, pegou as coisas dela e foi tomar um banho.

– Já era pra eu ter terminado com ela – falei –, mas eu não posso perder uma oportunidade com a Luísa, se aparecer.

Sinto dizer que eu não pensaria duas vezes. Ulisses riu de mim e disse:

– É, Isaque. Você fica aí com a sua cara de bonzinho, mas o que eu descubro todo dia é que você não vale nada. – Virou as costas, pegou sua mala e começou a procurar as roupas para a noite.

Não me restou muita coisa a fazer além de também me arrumar. Abri o cofre do quarto, onde estava a minha bolsa de viagem, e procurei uma roupa nova. Há muitas coisas interessantes a dizer sobre os banheiros coletivos de hostels internacionais. Por exemplo, o fato de que é recomendado sempre usar um chinelo quando for tomar banho, para evitar micoses ou coisas do tipo. Bem, fui tomar banho, levando minhas roupas limpas, toalha, sabonete, chinelo e tudo o mais. Claro que o hostel inteiro estava se arrumando também, e eu e Ulisses tivemos que esperar um pouco para conseguir um chuveiro. Ficamos conversando bobeiras e ele estava bastante normal comigo. Percebi que a agressividade de antes já tinha passado, e que ele estava era tentando me incomodar.

Quando chegou minha vez, pendurei tudo na porta, porque não havia espaço no box, e tomei meu banho. Por lá, é comum encontrar chuveiros que funcionam da mesma forma que as torneiras de banheiro público no Brasil: você precisa apertar um botão para liberar a água temporariamente. Eu achei uma ideia genial. Se todos tivéssemos isso em casa, o consumo de água no mundo cairia drasticamente. Tomei meu banho tranquilo, enquanto ouvia pessoas conversando do lado de fora. Falavam principalmente inglês, mas parecia haver um grupo de italianos ali para o Ano-Novo também.

Acabei, me sequei e me vesti ali dentro do box mesmo, meio apertado, meio molhando a roupa toda, porque sempre morri de vergonha de ficar pelado na frente de homens desconhecidos. Vestiário nunca foi para mim. Saí, penteei os cabelos, passei desodorante e escovei os dentes. Enquanto isso, meu amigo também saiu e nós voltamos juntos para o quarto. Fomos conversando sobre como os italianos falavam alto e pareciam animados. Eu estava com minhas ressalvas porque quando vejo gente assim em hostel, acho logo que vão dar algum tipo de problema. Na minha cabeça, gente bagunçada e despreocupada sempre gera problema para os outros. Eu tenho um pouco de velho em mim, apesar de ter, então, só 25 anos.

Quando chegamos ao quarto, fiquei feliz de ter me arrumado todo lá, porque havia duas novas mulheres ocupando o terceiro beliche. Pratiquei minha simpatia e comecei a puxar conversa em inglês, para conhecê-las um pouco. Uma delas era asiática, relativamente baixa, bastante magra, com cabelos longos, pretos, e de óculos. Ela tinha cara de quem não estava se divertindo muito, mas foi simpática o suficiente para se apresentar – eu é que não me lembro mais o nome dela. Descobrimos então que ela era coreana, estava fazendo intercâmbio na Europa, e na mesma casa que a outra menina, com quem tinha decidido vir para Barcelona passar a virada de ano.

A segunda menina, rapidamente descobrimos que era brasileira, e rimos de ter passado alguns minutos ainda conversando em inglês. O nome dela era Nina, e estava havia alguns meses como intercambista em algum lugar da Europa – acho que na Inglaterra. Ela era mais alta que a amiga, não tão magra, tinha cabelos loiros compridos e um rosto muito simpático. Quando Luísa e Rebeca voltaram do banho, já estávamos bastante amigos e logo elas também estavam se dando bem e conversando como se as conhecessem há tempos.

– Que legal! – ela disse, quando contamos a história de como fomos parar em Barcelona naquele fim de ano. – Eu e ela viemos para conhecer a cidade e aproveitar as festas, mas ela é bastante desanimada – falou, virando os olhos para a amiga coreana. – Ela só queria mesmo sair da casa do pessoal que nos recebeu e descansar um pouco, e aí eu acabei não passeando muito ainda por aqui.

– Não seja por isso! – falou Luísa, já assumindo a voz do grupo. – Nós vamos fazer um tourpelos pubs de Barcelona hoje! Vem com a gente!

Os demais logo se juntaram para dizer que ela seria bem-vinda, assim como a amiga, mas foi só explicar em inglês o que estava acontecendo que a coreana nos dispensou, dizendo que preferia dormir. Foi assim que a Nina entrou para o nosso grupo.

Enquanto ela juntava as coisas para tomar banho e se arrumar, ficamos conversando no quarto. Luísa aproveitou o momento para contar para todo mundo como foi que nós terminamos nosso namoro, o que ela nunca fez questão de esconder, já que a culpa foi toda minha.

— Cara, foi assim — começou, com aquele olhar de quem tem uma história absurda para contar. — Nós começamos a namorar quando o Isaque tinha 18 anos e eu ainda ia fazer 14! — Eles já tinham ouvido essa parte, mas não perderam a oportunidade de me sacanear mais um pouco sobre a diferença de idade. "Papa-anjo!" foi uma das expressões mais usadas naquela noite. — Aí nós namoramos por um pouco mais de dois anos, até eu viajar com meus pais por duas semanas e ele resolver me trocar por uma menina boba e chata.

— Mas foram dois bons anos, não foram? — perguntei, tentando me salvar. Ela, porém, me fuzilou.

— Não! Você não lembra que já tinha terminado comigo uma vez? A gente terminou e voltou cinco minutos depois, mas terminou!

Quando falei que não lembrava disso, até Rebeca me criticou.

— Claro, Isaque — ela disse —, não foi você que sofreu, então é mais fácil esquecer.

Em seguida, ela perguntou por que a gente tinha terminado na primeira vez, e Luísa explicou, meio sem graça, que foi porque nosso namoro era muito simples.

Ulisses levantou a mão.

– Mas vocês já faziam coisas naquela época?

– Não fazíamos nada demais. Realmente nós não fazíamos muita coisa, de modo geral. Meus pais não deixavam. – Pelo menos o discurso dela era igual ao meu.

Rebeca, a mais velha do grupo, argumentou que era compreensível, já que Luísa era muito nova e eu alguns anos mais velho, e todos concordamos. Eu concordo plenamente, e penso que eles são bons pais e se preocupavam com a segurança da filha deles, mas como todo adolescente, eu achava que eles poderiam dar um pouquinho mais de espaço, porque nós nunca fomos de burlar as regras e sempre muito confiáveis quando estávamos juntos.

Essa conversa toda aconteceu em volta da caixa de chocolate e, antes mesmo da Nina voltar do banheiro, já tinha acabado tudo. Depois de comer o último, Ulisses aproveitou para mudar de assunto:

– E o que você está fazendo na Espanha, menina?

Luísa contou que, quando as universidades entraram em greve no Brasil, ela aproveitou para engatilhar um estágio internacional. Conseguiu juntar toda a papelada e ser aprovada para trabalhar em uma empresa nos arredores de Madri.

– E lá – cutuquei –, ela conheceu um argentino.

Ela revirou os olhos.

– Mas quem nunca conheceu um argentino? O problema é quando eles resolvem te deixar pra lá por causa de uma francesa linda e perfeita.

– Mas vocês estavam namorando? – perguntou Rebeca, e Luísa respondeu que, na verdade, ele namorava era com a francesa mesmo, pelo menos quando eles estavam na mesma cidade, já que ele morava na Espanha e, ela, na França.

– Quando ela está longe, ele arruma tempo para a Luísa – eu disse, com zero de imparcialidade.

– Mas, gente! – ela devolveu. – Nós não temos nada demais e, também, eu volto para o Brasil no dia 6, não estou esperando nada dele.

Fui obrigado a reconhecer que ela, como a mulher resolvida que era, sabia onde estava se metendo, e eu é que estava sendo o idiota da história, mais uma vez.

Nina voltou do banheiro praticamente pronta. Enquanto dava os retoques finais, nós também terminávamos de nos arrumar e conversávamos sobre nossas vidas na Europa. Depois de todo mundo pronto, decidimos continuar o papo na rua, enquanto esperávamos a hora do passeio noturno. Nossa rua tinha alguns bares e restaurantes muito bonitos, alguns bem próximos do hostel, e ficamos por ali, perto da esquina, vendo as pessoas caminhando e conversando tranquilamente.

Comecei a pensar em como era boa aquela vida que nós tínhamos. Que todos em Barcelona pareciam estar tendo. A oportunidade de viver em uma cidade como aquela, de passar a noite com amigos em um bom lugar, bebendo um vinho, comendo um prato delicioso. Resolvi comentar sobre essa nossa sorte.

– É impressionante viver aqui com menos do que eu vivia em São Paulo, e ainda conseguir passear em uma cidade como esta – falei, porque estava acostumado a passar o mês com 600 euros, o que na época era algo como mil e quinhentos reais. – Todo mundo devia vir pra cá.

Luísa me olhou e respondeu:

– Todo mundo vem, é por isso que tem tanto brasileiro trabalhando aqui. Mas você está reclamando que mil e quinhentos reais são pouco pra viver, e isso é simplesmente um absurdo.

Fiquei um pouco assustado na hora e percebi o quão errado eu estava. Eu, Luísa e Nina vínhamos de famílias de classe média, que nos sustentavam na Europa, e estávamos acostumados a um certo tipo de vida, mas Ulisses e Rebeca tiveram outro tipo de criação, e se encontravam ali porque tinham conseguido bolsas de estudo. Ulisses se juntou à conversa:

– Isaque é um filhinho de papai mesmo, não é? Reclamando com o bolso cheio de dinheiro. Acha que todo mundo aqui tem esse tanto de reais? Ou sequer seiscentos euros pra viver?

Luísa abraçou a causa, falando que ela mesma estava vivendo em Madri com um salário de estagiária.

Percebi logo que a conversa estava indo para o caminho errado. Eu tinha puxado o assunto para falar simplesmente como era boa a oportunidade de todos terem essa experiência no exterior, e acabou que Ulisses e Luísa me jogaram no chão e pareciam estar ainda mais próximos um do outro. Aquele meu velho medo irracional começou a ensaiar um retorno, e eu, interessado em acabar com isso de uma vez por todas, falei:

– Gente, desculpa se eu ofendi alguém aqui. Realmente, eu vivo com mil e quinhentos reais. Eu estudei na PUC e morei em Perdizes. Parece uma riqueza, não é? Tudo isso acontece porque meus pais me ajudam. O dinheiro que eu recebo é para pagar as mensalidades absurdas, meus livros, minha alimentação e minha moradia, que não é barata. Eu tenho um dinheirinho de sobra pra aproveitar meu tempo e sair com os amigos, mas não é muito também. Tenho certeza de que tudo em São Paulo é mais caro do que no interior de Minas, Luísa, ou no Tocantins, ou em Fortaleza. E eu não nasci em berço de ouro, nasci em um bairro pobre. Meus pais eram pobres. Meu pai uma vez me falou que, em alguns momentos, deixou de comer para que eu e meu irmão tivéssemos comida. Eu sei o que é uma vida simples, e nunca ostentei nada, como você bem sabe – disse, agora olhando para a Luísa. – A única coisa que eu quis dizer é que aqui, em Portugal ou na Espanha, uma pessoa que recebe um salário mínimo tem uma vida muito melhor do que com um salário mínimo no Brasil. O dinheiro vale mais, as pessoas fazem mais coisas e conseguem aproveitar melhor o que está ao redor delas. Será que, com esse valor, a gente conseguiria viajar para uma cidade superturística e aproveitar de tudo por quatro dias seguidos? Eu sei que eu não conseguiria. Então porque não agradecemos essa oportunidade, que era tudo o que eu queria?

Todos ficaram em silêncio. O grupo do tour de bares estava quase pronto para sair à rua e já dava para ver a movimentação na portaria do hostel. Eu não sabia o que fazer. Senti que tinha ido longe demais, e simplesmente porque achei que estava começando a acontecer alguma coisa entre os dois. Agora, de repente, aquilo não fazia sentido. A prova veio em seguida.

– Que isso, Isaquinho! – Ulisses falou me dando tapinhas nas costas e rindo alto. – Agora você pareceu homem de verdade, hein! Retiro o que disse da outra vez.

Até a Nina estava rindo.

– Se empolgou aí, né?

A verdade é que eles estavam era tentando me encher o saco desde o começo, por puro sadismo. Luísa também.

– Aposto que você inventou isso pra ganhar o argumento.

– Seus pais realmente passaram fome para dar comida pra vocês? – perguntou Rebeca, aproveitando a conversa.

– Infelizmente, querida, é verdade – falei, algo aliviado por eles não terem levado tudo na brincadeira. – Meus pais são heróis, e sempre fizeram tudo por mim e pelo meu irmão. Eu só estou aqui por causa deles, e eles me incentivaram a viajar e me divertir, e é isso que vou fazer – complementei, agora com um sorriso alegre na cara. – Só por causa deles, é claro.

Todos concordaram, rindo.

– Você queria mesmo era ficar em casa, chorando! – brincou Ulisses.

– Com certeza. E meus pais também disseram que eu não podia perder o tour de pubs catalães. Vamos nessa?

Voltamos para a porta do hostel, onde o guia estava dando informações básicas sobre o passeio da noite. E então, começamos uma das noites mais doidas da minha vida.

91

CAPÍTULO VI

Bar Tour

∽

— Quem quer ficar bêbado hoje? — Foi a pergunta do guia ao final do discurso. O grupo se manifestou em massa e começamos a andar.

Eu fiquei na minha, e Luísa, que estava olhando para mim na hora, falou:

— Eu queria mesmo era ver você bêbado, Miojo.

Todos me olharam, e Ulisses parecia que estava tendo um ataque. Ninguém ali sabia que meu apelido, em Vitória, era Miojo. Fui obrigado a explicar a história. Eu devia ter 14 anos e estava viajando com minha família pelo interior do Espírito Santo, aproveitando algum feriado. No caminho, achamos um hotel bastante simpático em Santa Cruz, no litoral, onde resolvemos nos hospedar por um dia. Havia um grupo de famílias se hospedando ali também, e várias crianças e adolescentes da minha idade. Acabamos ficando amigos e, como todos eles tinham apelidos, decidiram que eu também merecia um. Virei Miojo. Ao voltar para a escola na segunda-feira seguinte, contei para meus amigos, e esse apelido nunca mais foi esquecido. Várias pessoas me perguntam o porquê deste nome, mas os garotos não me contaram. Perguntam se foi por causa do cabelo, mas naquela época não usava cabelo longo. Eu também nunca fui lá muito fã de miojo. Imagino que tenha sido porque eu era muito alto e muito magro, mas também é só uma especulação.

Quando terminei de contar a história, a reação foi a de sempre.

— Você com certeza sabe o motivo. Compartilha!

Não, eu não sei, e Luísa saiu em minha defesa, garantindo que eu contei tudo o que sabia. Graças ao passeio, as pessoas acabaram esquecendo esse assunto. Em poucos minutos, saímos na muvuca, na parte mais turística, próxima à Rambla, e entramos no bairro gótico da cidade, famoso por seus prédios históricos e ruas apertadas, cheias de cultura. Assim que atravessamos, demos de cara com a Plaça Reial, que é linda. O guia falou rapidamente sobre ela, e descobrimos que foi feita no século XIX e é ocupada por diversos restaurantes e boates sempre cheios. Como estávamos em grupo, não dava para parar, então combinamos que no dia seguinte voltaríamos ali para conhecer melhor o lugar.

Aprendemos, no caminho, que o bairro é um verdadeiro labirinto, com ruelinhas e esquinas muito simpáticas, daquelas que dão vontade de morar por ali. Descobrimos também que, apesar das muitas construções medievais, o bairro sofreu várias modificações mais recentes, para modernizar a região. Ainda assim, culturalmente era tudo bem preservado e ocupado pela população local e por turistas. À noite, Barcelona era talvez ainda mais interessante que de dia. A iluminação meio fraca das ruelinhas deixava o ambiente um pouco sombrio e ajudava a pelo menos tentar imaginar a época em que não havia iluminação elétrica. Longas sombras se espalhavam pelo nosso caminho, mas não havia qualquer motivo para ficar com medo, já que havia muita gente andando para lá e para cá, vivendo suas vidas alegremente, conversando e dando risadas a caminho de um restaurante, da casa de um amigo, do bar mais próximo.

Depois de andar alguns minutos, chegamos a uma pequena porta. Havia uma placa simples de madeira em cima com o nome do bar – eu sinceramente já não me lembro. O guia cumprimentou as pessoas que estavam na entrada e, bastante simpático, observou a todos os participantes do tour que entrassem em segurança. Se por fora o edifício já parecia antigo, por dentro ficava muito claro que estávamos em uma das casas medievais do bairro. As paredes eram

extremamente grossas e os cômodos, ligados por corredores apertados. Os próprios cômodos, porém, eram até bastante espaçosos, decorados de forma simples e com estilo de pub, fazendo do bar um lugar bastante gostoso de ficar.

Do lado de dentro, uma banda tocava rock 'n' roll com vontade. O guia juntou todo mundo da maneira que deu, e falou que, além daquele andar, havia o subsolo, onde mais uma banda tocava. Pela próxima hora, mais ou menos, estávamos livres para nos divertir.

Demos uma volta por ali e não achamos lugar para sentar. O local era mesmo uma mistura do visual de pubs, com muitos detalhes em madeira e enfeites coloridos espalhados pelas paredes, com o clima medieval da região. A banda tocava em um pequeno espaço reservado na sala principal, e praticamente só cabiam os integrantes ali. À esquerda ficava um balcão, onde eram vendidas as bebidas perto da escada, para o andar de baixo.

Ficamos ali um tempo conversando e, quando percebemos, a banda tinha parado de tocar para fazer um intervalo. As pessoas começaram a conversar e a pedir drinques e coisas para comer. Decidimos descer para o subsolo e ver como estava a banda lá. A escada era meio escondida e bastante estreita, e em suas paredes havia enfeites em madeira pendurados, com diversos motivos. Ao sair da escada, chegamos a um cantinho ainda mais aconchegante. As mesas eram feitas de barris de madeira, assim como as banquetas ao redor delas. Havia um pouco mais de gente ali, talvez porque uma parte tivesse descido depois que a banda da parte de cima parou, mas ainda estava longe de estar cheio.

A banda, bastante animada, estava tocando músicas de rock famosas, e aí todo mundo aproveitou melhor. Achamos um barril vazio relativamente perto da banda e sentamos ao seu redor. Ficamos alguns minutos ouvindo e estávamos começando a pensar em pedir alguma coisa para beber quando nosso guia surgiu com uma bandeja cheia de shots de tequila. Eu talvez tenha esquecido de dizer, mas o valor que pagamos pelo tour incluía algumas bebidas em cada um dos bares que visitamos naquela noite. Nós ainda não sabíamos direito como isso iria funcionar, então ficamos bastante felizes pelo guia ter resolvido tudo.

Eu só tinha bebido tequila uma vez na vida e tinha sido trágico, muito trágico. Na faculdade, eu fiquei famoso por sempre pedir uma Fanta Laranja no bar enquanto meus amigos bebiam até ficar completamente bêbados. Nunca gostei da ideia de ficar bêbado. Mas eu também nunca deixei de sair com meus amigos, não importava para onde eles fossem. Assim, bebi muita Fanta na graduação. Depois, quando me mudei para São Paulo por causa do mestrado, me senti um pouco mais livre para experimentar e comecei a beber um ou outro copo de cerveja com os colegas de curso, intercalado com refrigerante. A diferença mesmo aconteceu em Portugal, onde aprendi a apreciar ótimos vinhos de todos os tipos, e onde, por falta de amigos fãs de rock 'n' roll, acabei indo a diversas festas, e experimentando várias cervejas, drinques e tudo o mais.

Mas aquele dia em Barcelona foi apenas no começo de tudo isso, e eu tinha na memória uma péssima experiência com tequila.

— Gente, não sei se tenho coragem — falei, preocupado.

— Como assim, Miojo? — perguntou Ulisses, esperando uma boa história para me zoar para sempre.

— Eu provei tequila uma vez — respondi, olhando com suspense para todos eles — e quase morri.

Todos riram e quiseram saber que experiência assombrosa tinha sido aquela.

— Uma vez fui para uma balada de rock 'n' roll, em São Paulo, e minha amiga Isa perguntou se eu não queria tomar tequila com ela.

— Olha só! — falou Rebeca me interrompendo, risonha. — Quem é essa Isa misteriosa, Isaque?

— É uma amiga, gente, e só. De qualquer jeito, eu estava animado, e aceitei. Ela nem acreditou na hora, porque eu não bebia quase nada, mas correu pra pagar os shots antes de eu desistir. Só que foi só virar o negócio que o mundo girou.

A Nina também estava se divertindo com a história, e falou:

– Tadinho, gente! E o que você fez? – Ela tinha um jeito muito parecido com o da Rebeca, sempre com um sorriso simpático e com a ideia de que o copo está sempre cheio.

Continuei a história e disse que depois de um tempo achando que iria vomitar, juntei forças o suficiente para ir para casa. A boate não ficava longe e achei que a caminhada faria bem.

– Me despedi da galera e fui dormir, com um balde do lado da cama. O problema é que passei o dia seguinte inteiro na merda. Não sei como sobrevivi.

Todos começaram a dar opinião sobre a história, dizendo que eu provavelmente não tinha comido antes, ou que eu tinha misturado com cerveja, etc. No final, Luísa olhou para mim e disse:

– Foda-se! Pega esse copo e vira essa tequila com a gente!

E aí todos voltaram a falar ao mesmo tempo, gritando para eu beber com eles.

– Nós te levamos pra casa, mocinha! – falou Ulisses.

Rebeca e Nina me garantiram que ficaria tudo bem, e Luísa empurrava o copo na minha cara, falando: "Bebe logo esse troço!", bem do jeitinho meio ogro dela.

Acabei aceitando, mas houve um drama sobre qual era a ordem certa de colocar o sal, o limão e a tequila na boca. O guia simpático estava se divertindo com toda a história e me incentivando bastante a beber com eles e me divertir ao máximo a noite toda. Entregou os copos para todo mundo, os limões, e cada um pegou um pouco de sal. Depois de perguntar meu nome, ele disse:

– Isaque, o que pode acontecer de ruim? – Todos concordaram com ele, enquanto continuava: – Você tem amigos e está passando uma noite superagradável com eles, visitando pubs em Barcelona!

Eu já havia aceitado, mas a pergunta dele me fez pensar realmente sobre o assunto, e entendi o que ele quis dizer.

Por fim, cada um pegou seu copo, ajeitou o sal na mão e, estando todos prontos, olhamos uns para os outros, com aquela cara que só jovens despreocupados com a vida conseguem fazer, e começamos. Lambi o sal junto com todo mundo, mas não virei a tequila toda de uma vez, preferi fazer uma pausa, um gole a mais. Isso fez com que eu sentisse todo o gosto da tequila e começasse com a cara feia antes de todo mundo. Mas como foi tudo muito rápido, no instante seguinte já estava com um limão enfiado na boca. Minha cara, no final, era horrível, mas por pouco tempo. Logo estava rindo e recebendo parabéns de meus amigos.

– Estava achando que você não ia conseguir! – falou Rebeca.

Nosso guia, que acompanhou toda a diversão e bebeu junto conosco, deixou a segunda rodada para nós na mesa e foi verificar como estava o resto do pessoal, não antes de me deixar um recado:

– Não se esqueça de que a noite é longa! Não precisa ficar bêbado agora.

– Todos precisamos ficar bêbados agora, sim – disse Ulisses, quando ele saiu. – Quando vai começar a pegação?

Todos demos umas risadinhas sem graça, mas foi Rebeca que disse a verdade:

– Acho que ninguém aqui está para pegação hoje, Ulisses.

– Ah, mas está sim – ele respondeu, olhando pra mim.

Eu o encarei, sem acreditar que ele estava fazendo aquilo comigo, e percebi os outros olhares da mesa em mim. Para sair do foco, olhei para o lado e disse:

– Você certamente está falando da Nina!

– Acho que eu também não estou, gente – ela disse, com seu sorriso delicado. – Eu tenho um namorado.

Ulisses aproveitou a deixa:

– Mas você falou tão desanimada agora! Como é que a gente vai acreditar que você realmente gosta dele?

– Ulisses, pelo amor de deus! – falou Rebeca, assustada com toda a cara de pau dele.

– Gente, estou só falando o que vocês estão pensando! E aí, Nina, qual é a história desse namoradinho?

Nina já estava toda sem graça, com o rosto vermelho. Talvez a tequila tenha ajudado.

– Bem, meu namorado está no Brasil. A gente costuma se falar por telefone ou por Skype de vez em quando, mas eu estou viajando há mais de seis meses, e acho que nenhum dos dois tem mais a mesma paciência para ficar contando o dia a dia. E aí, com as viagens por outros lugares, eu nem sempre tenho tempo ou acesso à internet para ligar para ele. Hoje em dia a gente conversa bem menos do que no começo, e a conversa é sempre meio curta, meio sem graça.

Ela parou um pouco. Uma das mãos mexia no copo que tinha acabado de esvaziar, procurando alguma coisa com que se distrair. Nós olhávamos para ela com uma certa cara de dó. Ela continuou:

– Acho que a gente tem medo de terminar. – Olhou para mim, como que lembrando da minha história com a Luísa, e eu entendi o medo que ela tinha de fazer a coisa errada. – Como eu volto para o Brasil quando terminar minha viagem pela Europa, em fevereiro, talvez as coisas voltem ao normal.

– Mas até lá – falou Rebeca –, você fica nessa angústia, não é? Você acha que vale a pena mesmo?

– Eu não tenho interesse em correr atrás de homens e não estou interessada em ninguém agora, então não tenho expectativa nenhuma quanto a isso. Por que abrir mão de algo legal que está me esperando no Brasil? Por outro lado, é claro que ele pode decidir terminar comigo nesse tempo.

– O maior perigo está sempre perto de casa, querida. – Ulisses falou, concordando com a cabeça.

– É verdade – falou Luísa, e todos voltaram os olhos para ela. – Veja o Isaque, por exemplo. Eu fui passar duas semanas na Europa com meus pais, e ele decidiu ficar com uma amiga nossa. Tanta gente que eu poderia conhecer nesse tempo, ou por quem ele poderia se interessar, e ele decidiu se envolver com a cara de pau da Aline.

– Tenho certeza de que este assunto já foi discutido hoje, gente – respondi e mudei a conversa. – Aposto que a Nina está superdisposta a falar sobre o que ela está achando de Barcelona, não é, Nina?

Tive sorte e ela pegou a isca, começando a falar sobre a cidade, embora ainda não tivesse visto muita coisa. Nisso sua amiga coreana ajudava bastante, já que ela estava mais disposta a descansar do que a passear.

– Então nós andamos um pouco por aí juntas – falou Nina –, vimos algumas das construções do Gaudí, a Sagrada Família e só, eu acho.

Nós ainda não tínhamos visto nada de mais além da igreja, então puxamos mais o assunto das outras construções do arquiteto. Sabíamos que havia várias obras dele pela cidade, mas nem sabíamos bem onde. Ela falou que algumas das principais estavam mais para o centro. Mais afastado havia o Parc Güell, um parque muito bonito com vários jardins e lindas obras arquitetônicas.

As meninas concordaram que seria um bom passeio, e decidimos que no dia seguinte poderíamos visitar o Parc Güell.

Até a Nina se animou de voltar ao parque – dessa vez com companhia mais animada –, até porque ele era muito grande, e ela tinha visto só uma parte.

– E aquele pênis gigante no meio da cidade – começou Ulisses –, você também viu?

Nina riu bastante e ficou um pouco sem graça, mas disse que, apesar de não ter visto o prédio pessoalmente, sabia que Barcelona abrigava um desses curiosos edifícios fálicos. Ficamos conversando, então, sobre vários tópicos, sem preocupação. De repente, nosso guia passou por nós e falou para ficarmos espertos, porque em cinco minutos ele chamaria todo mundo para o segundo bar. Luísa decidiu ir ao banheiro, e nós ficamos ali esperando ela voltar para irmos. Com todo mundo um pouco distraído, Nina virou para mim e perguntou, baixinho, quem era a Aline.

– Aline era uma amiga nossa – respondi –, que entrou no nosso grupinho de amigos um ano antes de eu e Luísa terminarmos. Ela sempre pareceu uma pessoa independente, amiga, animada. E um dia ela resolveu que gostava de mim e começou a fazer várias coisas para eu perceber isso. E eu comecei a achar que eu gostava dela.

– E não gostava? – ela perguntou de volta.

A verdade é que eu gostei dela, sim.

– Só por um tempo – falei –, e isso aconteceu quando eu ainda estava com a Luísa, então foi bastante complicado porque nossos amigos todos foram envolvidos nessa história. Na época, pensei que era impossível eu me sentir atraído por uma pessoa estando apaixonado por outra. E isso me fez achar que eu já não amava a Luísa, ou que eu estava mais apaixonado pela Aline do que por ela. E então apostei minhas fichas na outra, e terminei o namoro.

– Deve ter sido difícil para ela, não é? – ela perguntou, baixando os olhos.

– Foi sim. E eu não ajudei nada. – Fiquei um tempo ali, mexendo nos copos vazios. – Eu me arrependo muito da forma como lidei com isso tudo. Não era pra ter sido daquele jeito. É claro que já aconteceu, e nós vivemos nossas vidas, e aprendemos e conhecemos coisas que não gostaríamos de esquecer. Mas se eu pudesse mudar alguma coisa, com certeza mudaria a forma como aconteceu lá atrás.

Nina ainda olhava para baixo, e também começou a mexer nos copos.

– Mas você ainda gosta dela?

– Eu gosto, sim. Mas o que eu posso fazer?

Nessa hora Luísa voltou, e Nina se levantou rapidamente. Depois todos nos levantamos e, enquanto subíamos as escadas, Nina ficou ao meu lado e falou:

– Mas o que você tem a perder? Lembra?

E eu fiquei pensando nisso até o bar seguinte.

CAPÍTULO VII

Bêbado

Voltamos a caminhar pelas ruas apertadas de Barcelona. Os outros dois bares eram distantes do primeiro, mas ficavam um de frente para o outro. Atravessamos a Rambla de volta e vimos que havia bem menos gente ali. Nas ruazinhas dentro do bairro, então, víamos apenas os jovens que, como nós, estavam indo para algum bar, ou já voltando para casa.

– Nós estamos indo na direção do hostel novamente? – perguntou Rebeca, um pouco perdida.

– Não – respondi –, atravessamos a Rambla de volta, mas estamos bem mais perto da marina do que do hostel.

Ali o ambiente não era tão antigo, mas ainda era um bairro tradicional da cidade, com ruas asfaltadas mas apertadas, e edifícios sempre baixos, com três ou quatro andares, com uma arquitetura de meados do século XX. O guia nos falou que aquela região tinha sido revitalizada no final do século, em uma tentativa de acabar com a imagem ruim do bairro, conhecido antes pela prostituição e pela violência. Segundo ele, o bairro realmente melhorou bastante nos últimos anos, mas não se livrou completamente desses problemas, e nos aconselhou a tomar cuidado se voltássemos ali depois, sozinhos.

Como estávamos em grupo, não nos preocupamos muito. Continuamos nosso caminho pelas ruelas da cidade, onde percebi características semelhantes às da área de nosso hostel. O que me chamou a atenção é que, junto a esses prédios do século passado, aqui e ali apareciam construções muito antigas de pedra, que assumiam novos propósitos na cidade moderna. Tornaram-se galerias e museus, espaços de cultura, cafés, restaurantes e mais. Não só a parte turística, mas principalmente esses pequenos prazeres me conquistam e me fazem querer conhecer ainda mais as cidades que visito.

Estava conversando com Rebeca sobre os postes de iluminação naquela região, antigos postes pretos em ferro com lindos detalhes, quando, virando a esquina, passamos por um caminhão-pipa parado na rua e funcionários com a mangueira ligada lavando a rua com água e grandes esfregões. Eu, particularmente, fiquei espantado com a cena.

— Não acredito que estou vendo isso — falei para o pessoal. — A gente sai do Brasil para o "primeiro mundo", e descobre que os caras aqui ainda lavam as ruas em vez de varrer.

Luísa parecia tão assustada quanto eu, mas disse que em Madri eles passam com um carro especial que joga água e esfrega as ruas.

— Achava que também lavavam as ruas no Brasil, não? — perguntou Ulisses.

Respondi que costumava ver carros-pipa regando plantas, jardins e canteiros das ruas, mas que a rua mesma era sempre varrida por garis. Começamos então uma conversa que durou o resto do caminho, sobre se era válido ou não usar água para limpar as ruas da cidade. Concluímos que dependeria de que tipo de água eles utilizavam para fazer isso — e talvez não fosse água potável, mas ainda assim não fiquei convencido de que era uma boa ideia. Pelo menos naquela hora entendemos como eles deixavam a cidade tão limpa: a noite ainda estava no meio, e eles já estavam removendo os restos deixados pela vida boêmia da cidade.

Pouco tempo depois chegamos ao segundo bar. Nosso guia parou na porta e acompanhou a entrada de todo mundo. Demorou um pouco porque o bar era pequeno e estava absolutamente cheio. Ao contrário do primeiro, era bastante moderno. Ocupando uma casa nova, ele era todo reformado, com uma decoração sóbria e escura, vários espelhos e iluminação azulada, dando um ar contemporâneo ao lugar. Ali, tínhamos direito a pedir três drinques por conta do tour e com total liberdade na escolha. Fiquei feliz com a ideia, porque já tinha me arriscado com a tequila e não gostaria de insistir.

Luísa olhou para mim, com uma cara de desconfiada, e perguntou:

— Bicho, você vai mesmo misturar álcool?

— Uai, claro que vou. Eu não tenho problema de misturar bebidas, eu não passo mal assim. O que me faz passar mal é quando desce errado — falei, lembrando da tequila que tentou me matar.

– Certeza que aquela tequila não tentou te matar porque você já tinha bebido cerveja?

Fui obrigado a pensar um pouco e concordei que talvez fizesse sentido, mas ainda assim eu não deixaria de beber meus drinques. Eu e Luísa fomos direto para o balcão, e os demais ficaram do outro lado. O bar era comprido, mas espremido. Pedimos o cardápio de bebidas e começamos a escolher. Não havia muitas opções, mas parecia uma boa seleção, e eu e Luísa resolvemos nos arriscar com uma dose de Jägermeister. Para quem não conhece, é uma bebida alemã muito famosa. Um destilado com uma cor escura que pode ser um pouco intimidante para os inocentes.

A dose foi generosa, e acabamos chamando nossos amigos para provar e fazer logo os pedidos deles, porque aquela seria a visita mais curta da noite.

Nosso segundo pedido foi uma bebida da qual nem me lembro mais, mas era um shot. Luísa pediu primeiro e, quando eu pedi a mesma coisa, ela me olhou, sorrindo, sapeca.

– Cara, tem certeza?

– Luísa, eu sei que você não está acostumada a me ver bebendo, mas eu me garanto. Eu não fico bêbado.

– Então tá bom.

– Eu sou um homenzinho agora – falei, fazendo pose de mulher-maravilha. Eu percebo a ironia. – Não sou mais menino.

– É, parece que não – ela respondeu. – Isso me deixa feliz.

– O quê?

– Que você tenha mudado. Você envelheceu bem, e eu fico feliz com isso.

– Você chegou a essa conclusão depois que me viu beber um monte? – perguntei, e percebi que o álcool já estava atrapalhando meu raciocínio, apesar de eu não estar realmente bêbado. Era a minha chance de dizer como estava pronto para fazer nós dois felizes novamente, e eu estava brincando sobre besteiras. Eu também estava nervoso, claro. Certamente me ajudou a falar coisas demais naquela noite.

– Não, mas nesses dias que passamos juntos em Madri percebi que você continua um cara muito legal – ela falou sorrindo e acrescentou: – Tenho orgulho de ainda sermos amigos.

– Que bom – respondi, também me enchendo de orgulho, e muito feliz por ela ainda me ver como uma boa pessoa. – Ficaria chateado se você se afastasse por causa da Ana.

Foi só eu terminar de falar a última frase para perceber o problema em que tinha me metido. Até então, eu estava conseguindo deixar a Ana de lado e focar nós dois. Luísa me olhou estranho, já me criticando.

– Você ainda vai ter que me explicar essa sua história com a Ana – intimou, em voz baixa, terminando de beber seu drinque.

– Chega desse monopólio! – Ulisses interrompeu, já um pouco alegre também. – Deixa a Luísa pra gente!

Foi assim que nossa conversa terminou. Depois disso, nossos amigos acabaram mudando o assunto. Me distraí conversando com Nina e Rebeca e, quando reparei, Luísa e Ulisses estavam mais para o fundo do bar, quase dançando, já que não havia espaço para realmente dançar. Mas eles estavam se divertindo, e eu via Luísa rindo e falando coisas para ele com bastante liberdade, como se eles se conhecessem há muito tempo.

Eu e as meninas nos afastamos um pouco do balcão para dar espaço para outras pessoas e ficamos em um canto conversando sobre qualquer coisa. Falamos sobre lugares que gostaríamos de visitar no dia seguinte, mas a Nina nos lembrou bem que, virando a noite em bares, dificilmente acordaríamos a tempo de aproveitar o dia. E como seria o último dia do ano, à tarde poucas coisas turísticas estariam abertas e todos estariam se preparando para a festa da virada.

Fiquei um pouco preocupado com isso, com medo de ir embora de Barcelona sem ver tudo o que gostaria, mas não durou muito tempo.

— Eu não devia ter falado da Ana — lamentei, pronto para puxar o assunto.

— Você falou dela pra Luísa? — Rebeca perguntou, ávida por informações. — E disse tudo?

— Eu não disse nada — respondi, e contei a elas sobre a breve conversa. — Eu realmente deveria ter terminado o namoro depois que voltei de Madri.

— Eu estou um pouco por fora — Nina comentou —, mas concordo que para essa conversa fazer sentido você deveria estar solteiro.

— Eu deveria. Eu sei. Mas eu já falei pra Rebeca e Ulisses que não há o que acontecer entre mim e Luísa aqui. Nós vamos fazer o quê? Ficar? Dormir juntos? Namorar novamente? Daqui a dois dias eu volto para Portugal e daqui a seis dias ela volta para o Brasil.

Me apoiei na parede, com a cabeça baixa e respirei um pouco.

— Eu realmente gosto dela. Eu amo a Luísa. Mas eu não sei quantas chances ela me daria, nem se ela vai me dar mais uma.

O que sei é que eu não gostaria de desperdiçar essa chance aqui, agora.

— Então não desperdiça, Isaque — disse Nina, agora sorrindo de forma simpática para mim. — Não precisa acontecer nada agora, não é? Então não tente fazer acontecer. Mas eu acho que se você gosta tanto dela assim, você deveria fazer alguma coisa, pelo menos. Senão, de que adianta esses dias de paz e harmonia sem qualquer preocupação que estamos passando aqui? Vocês vão passar os próximos dias juntinhos, fazendo tudo juntos. O que não vai faltar é oportunidade para você falar alguma coisa.

— Isso é verdade, Isaque — concordou Rebeca. — Você tem a oportunidade de fazer a coisa certa aqui. Você não quer ser um babaca com a sua namorada, mas não quer perder a oportunidade de falar para a Luísa o que você está sentindo. Então não se esqueça de que ainda é um cara comprometido e diga para Luísa apenas o que você está pensando sobre o futuro de vocês.

Nina concluiu, enfatizando:

— Há um limite do que você pode fazer enquanto está namorando. Você tem o direito de gostar de outra pessoa e de terminar com uma para tentar algo com a outra. Mas acho que você se arrependeria de começar algo aqui sem colocar o ponto final com quem está te esperando no Brasil.

– Me arrependeria muito, sim – tive que concordar. – Quando terminei com a Luísa pela primeira vez, foi porque eu fiquei com outra garota. E depois disso passei quase dois meses me decidindo entre as duas.

– Você ficou namorando com as duas ao mesmo tempo? – Nina estava incrédula.

– Não. Fiquei algumas semanas com a outra garota, mas continuava vendo a Luísa sempre. Quando um amigo nosso começou a tentar alguma coisa com ela, morri de ciúmes.

– E aí você resolveu voltar.

– Isso. Ficamos quase um mês em uma situação meio turbulenta, e a outra garota continuava no meu pé. Eu acabei acreditando que era com ela afinal que eu deveria ficar e terminei com a Luísa de novo.

– Estou a cada minuto mais chocada.

– Eu sei, desculpa. Mas isso foi cinco anos atrás. Eu não quero fazer isso de novo. Muito menos com a Luísa. Ela não merece.

– Eu concordo – concluiu Rebeca dessa vez. – Eu conversaria com ela assim que possível. Pra que você vai ficar empurrando isso pra frente? É melhor falar ao vivo do que puxar esse assunto pela internet ou pelo celular depois.

– Eu sou ótimo em fazer isso – admiti. – Por que falar ao vivo se posso me esconder?

– Isso é mais um problema na sua vida, Isaque – Rebeca respondeu, dura. Virou o drinque dela e terminou: – Cresça. E boa sorte.

Pouco depois disso, nosso guia surgiu, tentando juntar todo mundo. Quando percebeu que seria difícil, falou para a gente sair do bar e esperar na calçada e, assim que ele conseguisse tirar todo mundo, entraríamos no próximo, logo em frente. Saí com as meninas e ficamos em pé no meio-fio, conversando por alguns minutos. Logo apareceu o guia com as últimas pessoas do grupo, incluindo Luísa e Ulisses. Ele explicou que ficaríamos mais uma ou duas horas nesse novo bar e de lá iríamos para a boate onde terminaríamos a noite.

– Deu meia-noite agora há pouco – comentou Ulisses. – A noite ainda é uma criança.

– Uma criança apertada – falou Luísa, com pressa. – Eu vou entrar no bar porque preciso ir ao banheiro, gente. Encontro vocês lá dentro.

Rebeca e Nina resolveram entrar com ela e ir ao banheiro também, como todo bom grupo de meninas. Ficamos eu e Ulisses sentindo o vento gelado da noite no rosto. O caminhão-pipa já tinha lavado aquela parte da rua, que estava cheirando a asfalto molhado mesmo. Lembro de pensar que era um bom cheiro, principalmente comparado com o cheiro de mijo e cigarro que sentimos em qualquer lugar do mundo a essa hora da noite, nesse tipo de ambiente.

– A Luísa é um amor – começou Ulisses de novo.

– Ela é, sim.

– E você acha que ela vai passar a noite toda solteira?

– Eu não sei. Eu espero que sim, para a minha saúde mental. Mas eu aprendi que ela é uma mulher e toma as próprias decisões.

– E se eu realmente tentar alguma coisa?

– Você até pode tentar, Ulisses. Mas 'brows before hoes" é uma lei divina.

– Que porra é essa?

– Significa que nossa amizade é mais importante que sua vontade de dar uns beijos na minha ex-namorada, por quem eu estou apaixonado.

– Será mesmo?

– Você está me provocando desde antes de a gente vir pra Barcelona – falei, ficando sério. – Você já me encheu o saco sobre não querer pagar para entrar em museus e igrejas, sobre passar a virada do ano em uma boate e, agora, com essa história da Luísa. No seu lugar, eu repensaria o que é uma amizade pra você, porque não parece que você está investindo muito na nossa.

Ele me olhou de volta, sério, e ficamos ali nos encarando alguns segundos. Depois, ele sorriu, um pouco sem graça.

– Eu não a deixaria sozinha, Isaque. Sei que você está namorando, mas essa é a sua oportunidade. Ela está aqui, claramente gosta de você também, e vocês não tem nada para fazer além de beber e conversar até o sol raiar.

Impressionado, agradeci o comentário inesperado.

– Desculpa não querer visitar os lugares que já visitei, mas eu não tenho dinheiro de sobra. E nós não precisamos passar a virada em uma boate. Já temos uma boate para hoje.

– Me desculpa também. Eu não quis ser um idiota.

– Eu sei, bobinho. Está tudo bem. Vamos descobrir o que os catalães realmente fazem no réveillon e vamos nos divertir. Mas você tem coisas para fazer hoje ainda. Vamos entrar.

Eu ainda estava impressionado. De repente, tudo tinha virado. Me sentia um ingrato, porque do amigo que menos esperava, vieram os comentários que pareciam então mais sensatos e um pedido de desculpas. O que descobri ali, afinal, é que por mais brincalhão que Ulisses pudesse ser, ele tinha uma linha firme de seriedade e respeito que nunca se rompia. Dei uns tapinhas em suas costas, ele devolveu, e entramos.

Esse bar era muito maior que o anterior, e estava mais vazio. Largo e fundo, ele tinha azulejos azuis na parede – ou pelo menos assim eu me lembro dele – e umas decorações simples e caseiras no teto, que pareciam de carnaval ou mesmo de festa junina. Um DJ estava tocando do outro lado, onde havia mais gente. Um dos balcões de bebida ficava perto da entrada, do lado esquerdo, e estava quase vazio. As pessoas que assistiam ao DJ pareciam não querer sair de perto do palco e pediam bebida no outro balcão, lá na frente. Peguei uma garrafa long neck de Estrella Galicia e fiquei ali, no fundo, com Ulisses. Dali a pouco, as meninas apareceram e meu amigo arrumou uma maneira de me deixar sozinho com a Luísa.

Ela me mostrou que também estava com uma long neck na mão e brindamos, dando um gole silencioso. Me distraí um pouco vendo o gelo seco se esfumaçar pela casa, calmamente, caminhando em direção à porta, mas sendo empurrado pelo ar frio quando alguém entrava.

– Luísa.

– Oi?

– Eu quero te falar uma coisa.

– Pode falar.

– Eu andei pensando sobre a vida, o universo e tudo o mais, desde que te visitei em Madri. E eu escrevi aquela carta para você e te mandei mensagens perguntando sobre a ideia de nós tentarmos de novo...

— Isaque — ela me interrompeu —, eu sei disso. Eu não sei o que pensar direito, porque você está namorando, e com uma amiga minha. Então não acho que essa seja uma conversa adequada.

— Eu sei disso também. Não estou falando para fazermos algo agora. O que eu estou querendo te dizer é que é de você que eu gosto. Que você é a mulher da minha vida, e que eu quero me casar com você.

Ela me olhou em silêncio e parecia achar que, finalmente, estava me vendo bêbado pela primeira vez. Aproveitei para continuar meu discurso:

— Quando estava me preparando para vir para Portugal, minha mãe veio conversar comigo. — Luísa riu desse início de história, e eu fui obrigado a me defender. — Eu sei que falar da minha mãe agora não é nada sexy, mas aconteceu, então deixa eu contar. Ela sabia que eu estava planejando ver você, e veio me perguntar se eu gostava de você ainda. Eu disse que achava que sim. E foi aí que ela me contou uma história interessante.

Nessa hora, fiquei de frente para a Luísa, e olhei nos olhos dela.

— Ela me falou que quando meu pai a pediu em casamento, ficou na dúvida, porque tinha deixado na cidade natal dela um cara de quem gostava. Meus avós insistiram com ela que o meu pai era a escolha certa e que ela não deveria pestanejar na última hora. Ela acabou escolhendo meu pai. E apesar de eles estarem separados hoje, ela disse que não se arrepende, por causa de todas as coisas boas que vieram do casamento também. Mas ela insistiu para que eu aproveitasse a oportunidade que eu estava tendo para ter a certeza de quem realmente gosto e fazer a coisa certa para a minha vida.

Estiquei o braço e encostei minha mão na dela, que me olhava mais do que surpresa. Passei os dedos levemente por sua mão. Voltei a olhar em seus olhos.

— E o que eu tive certeza, lá em Madri, é que é com você que quero passar o resto da minha vida. Eu não estou te pedindo nada

agora. Você vai voltar para o Brasil, vai viver sua vida sem mim, sem problemas. Mas um dia eu vou voltar. Provavelmente daqui três anos, mas eu vou voltar. E a única coisa que eu te peço hoje é para você não se casar até lá.

Ela riu de mim, uma risada nervosa, mas divertida.

— É verdade. Aproveita a sua vida. Só não arrume um noivo. Não aceite pedidos de casamento. E quando eu voltar, eu vou me casar com você.

Ela ficou ali, um pouco assustada com aquele assunto todo, pensando por alguns segundos.

— Mas e a Ana nessa história toda?

Eu provavelmente já estava sendo afetado pelo álcool e, como já estava no meio da conversa, resolvi que seria o mais sincero possível.

— A Ana... Ela não deveria ter durado tanto tempo. Essa é a verdade.

— Coitada, Isaque! Ela é minha amiga. Você não devia fazer isso com ela.

— Eu sei. E eu vou consertar tudo isso quando voltar para Braga.

– Eu não estou pedindo para você terminar com ela. Eu não tenho nada a ver com vocês. Só acho que essa conversa toda é muito injusta com ela.

– De novo, eu sei. Mas é o mais sincero que eu posso ser. As coisas já estavam estranhas para mim antes de eu sair do Brasil, mas eu não soube terminar. Realmente fiquei assustado de vir para a Europa e ficar totalmente só. Mas há algum tempo que sei que ela não é a pessoa pra mim, e eu vou terminar com ela. Não faz mais sentido.

Luísa estava ficando agitada com a conversa, como se tudo estivesse indo rápido demais, sendo que, para mim, nada estava acontecendo.

– Você deveria ter terminado com ela.

– Sim.

– Mas você não vai fazer isso por minha causa.

– Não. Eu vou fazer por minha causa. Eu não quero mais nada.

– Isaque – ela começou de novo, juntando coragem para continuar olhando para mim –, eu não sei o que pensar sobre isso tudo. Desculpa. Eu passei muito tempo para te esquecer e hoje posso dizer realmente que te perdoei por tudo o que aconteceu. Nós crescemos e somos pessoas melhores, mas eu nunca mais pensei na possibilidade de ficarmos juntos novamente. Por isso eu não vou prometer nada.

– Eu só quero – insisti, chegando perto dela – que você pense nisso a partir de agora. Pelos próximos três anos. – Em seguida, completei: – E não se case! – Estava com um sorriso bobo na cara. Ela riu de volta. Respirou fundo.

– Tudo bem.

Parou tudo.

– Mesmo?

– Mesmo.

Mentalmente, comecei a dar pulinhos de alegria.

– Eu vou pensar. E não vou me casar até 2014.

– Promete?

– Prometo.

Depois de algum tempo de silêncio entre nós dois, cada um olhando para um lado, ela me olhou de novo.

– Obrigada.

– Por quê?

– Por gostar de mim tanto assim.

Sorri, aliviado. No fim de tudo, nós estávamos cada momento mais perto um do outro.

– O prazer é todo meu.

O resto da conversa não teve qualquer importância.

CAPÍTULO VIII

Balada

Na verdade, parte do resto da conversa foi importante, sim. Nós ficamos muito pouco tempo naquele bar, mas depois que Luísa prometeu esperar eu voltar para o Brasil, acabamos mudando de assunto, para diminuir a intensidade. Logo meus amigos voltaram.

— E aí, Miojo? — perguntou Ulisses, com o famoso sorriso na cara.

— E aí, meu querido? — devolvi, sem querer falar no assunto ali, no meio de todo mundo. Ele entendeu e era isso que importava.

Logo estávamos todos rindo, porque Ulisses aproveitou meu bom humor para contar suas histórias malucas, muitas delas me envolvendo. Ele começou falando de quando nos conhecemos, na sala de informática da Residência Universitária. Ele fazia caras e bocas, contando para as meninas que me encontrou quase chorando, sozinho e abandonado, desejando companhia. Eu, que estava mesmo de bom humor, nem tentei me defender, falei logo que estava realmente só e que ele salvou minha vida, dei um beijo no rosto dele, cheio de vontade, e as meninas gargalharam.

Depois disso ele começou a falar sobre como eu sou apaixonado por batatas chips.

– E quem não é?! – Luísa respondeu imediatamente.

Eu normalmente passava umas horas da noite conversando com Ulisses no quarto dele, e a gente conversava sobre tudo. Era muito mais interessante quando estávamos sozinhos, porque a gente falava sobre coisas sérias e importantes. Mas quando tinha mais alguém, virava sempre uma conversa de piadinhas, o que também era legal, só que eu estava em uma fase mais introspectiva da vida.

A história das batatas chips é interessante. Assim como em alguns mercados maiores no Brasil, lá em Portugal é comum as redes de supermercado terem sua própria marca de produtos, com preços bem mais baixos que os dos concorrentes. Nós, que éramos totalmente pobres, praticamente vivíamos de produtos do Pingo Doce ou do Continente – este último tinha a famosa "marca E", ainda mais barata. Então, na hora de comprar lanches para deixar no quarto, a gente ia sempre nas mais baratas possíveis. Uma delas era o saco grande de batatas chips. Ele era absurdamente barato e, sinceramente, não perdia em nada para uma Ruffles da vida. Eu comprava sempre, como todo mundo. E quando eu ia para o quarto do Ulisses conversar, comia toda a batata dele, sem vergonha alguma.

Aproveitando a deixa, perguntei para Ulisses e Rebeca se eles já tinham comido a barra de chocolate branco belga do Pingo Doce. Rebeca disse que não conhecia, porque não costumava comprar chocolate, mas Ulisses disse que sim e que era muito boa.

— Eu queria ter trazido uma barra de chocolate dessas pra você provar — lamentei com Luísa. — Você ia adorar.

Ela sorriu para mim e disse que tinha certeza de que era ótima. Quando reparei, os outros três estavam olhando para nós com uma cara de quem sabe o que está acontecendo, e voltei a falar de comidas e porcarias para dispersar as ideias.

Essa conversa foi longe, mas, como disse, não ficamos muito tempo naquele bar. O guia apareceu, seguido por várias pessoas, e nós os acompanhamos para fora, para a última grande caminhada do dia. Enquanto isso, Luísa contava que, na Espanha, o supermercado barato era o Dia, que também tem sua marca própria de produtos. Nos primeiros dias em que se encontrava lá, foi fazer compras acompanhada da filha da dona da casa onde ela estava hospedada, que tinha uns 10 anos. Assim que elas chegaram na rua, a menina perguntou se ela queria ir no mercado caro ou no mercado barato. Sensata, ela respondeu o segundo, e as duas foram parar no Dia. Ela também estava comendo bastante porcaria durante essa estadia na Europa. Eu não me encontrava com ela havia algum tempo na época em que fui para Madri, mas reparei que ela tinha engordado nos últimos meses. Imaginei que era efeito da depressão.

De qualquer jeito, logo o assunto ficou de lado enquanto a gente se locomovia pelas ruas. Luísa aproveitou para andar ao meu lado e voltou à nossa conversa de minutos antes.

– Estava pensando na história que sua mãe te contou. É um pouco triste, não é? Ela se casou sem ter certeza de que estava escolhendo a pessoa certa?

– Pois é, foi o que ela me contou. Ela também falou que não se arrependia, não é? Mas imagina você passar sua vida pensando em como teria sido se sua escolha fosse diferente? Será que teria dado certo? Pelo menos por mais tempo do que deu com meu pai? E que outros filhos ela teria? Será que eles seriam mais bonitos e inteligentes que eu e meu irmão?

– Bobo.

– Falando sério – continuei –, é interessante como a gente passa vários anos com nossos pais e, depois de tanto tempo, eles ainda nos surpreendem com essas histórias.

Comentei que essas coisas sempre acontecem em filmes, onde personagens principais têm conversas importantes com seus pais nos momentos de reflexão, aqueles momentos em que eles precisam tomar uma atitude para chegar ao final feliz. Pensando comigo mesmo, achei tudo isso engraçado, porque minha vida estava ficando muito parecida com um filme, mas mesmo com o desenrolar positivo até ali, o final feliz era apenas uma possibilidade distante – literalmente três anos no futuro, o que significava que tudo ainda poderia mudar.

– Você pode pensar positivo sobre isso tudo – Luísa falou, voltando à conversa. – Se você está passando por isso agora, pelo menos significa que é um adulto e está pronto para lidar com os problemas dos seus pais.

Continuamos o caminho em silêncio. Gostei do que ela disse, mas lamentei suas consequências. Não me sentia pronto para lidar com esses problemas e, não pela última vez, pensei em começar a fazer terapia.

Esses assuntos se dissiparam durante o caminho e voltamos a falar sobre outras coisas. Chegando perto da boate, percebi que não ficava longe do hostel, e que nós tínhamos feito quase um círculo no centro histórico de Barcelona. Ela ficava de frente para a Rambla, então era fácil para todo mundo se localizar. Combinamos logo que, a partir dali, quem quisesse voltar para casa a qualquer momento estava livre para voltar sem problemas, já que todos sabiam onde estávamos e ninguém se perderia no caminho. Claro que ninguém foi para casa antes de o sol nascer.

A boate, para ser sincero, era só mais uma boate, mas bastante grande e havia muita gente lá. Nosso guia liberou o pessoal para ir embora a hora que quisesse e foi se divertir com algumas pessoas do grupo de conhecidos do hostel. Depois que fomos liberados e realmente entramos, subimos uma escada no saguão de entrada e comecei a reparar melhor em volta. A boate era dividida em várias salas, criando diferentes ambientes. Ao sair da escada, estávamos em um salão bastante relaxado. A música baixa possibilitava conversar tranquilamente. Havia vários sofás confortáveis espalhados, onde quem estivesse cansado da música alta podia descansar. Entre estes, havia várias plantas que deixavam tudo muito vivo. A sala tinha uma iluminação fraca e cada grupo de pessoas mantinha sua privacidade. À esquerda da escada, passando por um grande portal, você chegava à boate em si. Luzes azuis, verdes e roxas piscavam repetidamente no ritmo da música techno que tocava a toda potência. No meio havia um palco sem forma definida. Nos cantos ficavam diferentes bares, o que era ótimo, porque ninguém precisava ficar migrando de um lado para o outro para comprar alguma coisa.

De início, fomos para um sofá que encontramos vazio. A gente estava em pé havia algumas horas, então foi ótimo ficar uns minutos ali. Do nosso lado estavam alguns garotos mais ou menos da nossa idade. Distraído em uma conversa com Ulisses, nem reparei quando Luísa começou a conversar com eles. Percebi, naqueles dias em Barcelona, que ela tinha ficado muito boa em puxar papo com qualquer pessoa – algo que o pai dela sempre fez muito bem.

Morri de ciúmes por dentro. Tentei me controlar e me convencer de que não fazia sentido, porque não havia nada entre nós. Além disso, conversar não faz mal. Resolvi prestar atenção à conversa, e os garotos foram simpáticos o suficiente de abrir espaço para todos participarem. O problema é que eles falavam espanhol, e só Luísa era capaz de se comunicar fluentemente no nosso grupo. Assim, em pouco tempo os outros perderam o interesse.

Meu desespero mesmo veio quando, na boate, alguma troca de DJs fez a música mudar do techno repetitivo para músicas pop, aquelas bem Top 100 Billboard. Ulisses, Rebeca e Nina se alvoroçaram e chamaram todo mundo para ir dançar na pista e comprar algo para beber. Eu olhei para Luísa e perguntei, amedrontado:

– Vamos?

Ela me olhou com uma cara de quem não estava nem um pouco interessada em ir dançar.

– Eu tô um pouco cansada. Vou ficar aqui mais um tempo conversando.

Gelei. Era o fim dos meus sonhos mais profundos. Tinha certeza de que aconteceria alguma coisa entre ela e um dos garotos, e vai saber quando eu a veria no dia seguinte. Tudo isso e muito mais passaram pela minha cabeça mil vezes, mas eu não podia simplesmente dizer que tudo bem, eu também ficaria ali de bobeira. Ou poderia? Naqueles poucos segundos que eu tinha antes de ser obrigado a fazer alguma coisa, consegui me acalmar um pouco e decidi que estava sendo um grande machista e babaca, porque eu estava ali tentando impedir uma pessoa de quem gosto muito de se divertir. Se é que era isso mesmo que ela estava pensando, porque, afinal, poderia simplesmente querer descansar um pouco, como ela mesma falou. Por que me custava tanto aceitar isso?

Decidido a deixá-la aproveitar a noite do jeito que ela achasse melhor, falei que acompanharia os outros e que não iríamos muito longe na pista.

– Vai lá procurar a gente depois, tá bom?

– Pode deixar – murmurou, já entretida novamente na conversa com os meninos.

A próxima hora da minha vida foi de grandes conflitos internos. Nós paramos em frente ao primeiro bar que vimos na pista, que era também próximo da entrada para o banheiro. Olhamos o cardápio e cada um pediu sua bebida. Ficamos ali em uma rodinha, conversando um pouco, dançando quase nada. Meus amigos pareciam estar se divertindo, mas boates definitivamente não são o meu forte e eu estava ali esperando a manhã chegar para ir para casa. E também esperando a Luísa encontrar a gente.

Depois de alguns drinques, fui ao banheiro. Estava cheio e sujo, o que ajudou a aumentar meu desânimo. Ao sair, resolvi ficar parado no corredor para ver se encontrava Luísa entrando ou saindo. Esperava que ela já tivesse vindo nos procurar e estava começando a pensar um monte de besteira novamente. Depois de uns dez minutos, resolvi que voltaria para a outra sala para ver se a encontrava. Passei pelos meus amigos, que reclamaram que eu tinha sumido por muito tempo, e expliquei para eles o que ia fazer.

As meninas acharam uma boa ideia, porque, apesar de tudo, seria bom continuarmos juntos e voltar para casa em um grupo só.

Animado com o apoio deles, parti em minha jornada. Ao atravessar o portal que separava os dois ambientes, minhas pernas começaram a tremer. Eu não sabia o que ia encontrar. E se ela estivesse com alguém? Se Luísa me visse por ali sondando o que ela estava fazendo, será que ficaria chateada? Ela falou que ia nos procurar, então se não foi é porque ela não quis, certo? Decidi, no auge da minha loucura, passar pela sala a passos largos, como se eu estivesse realmente indo a algum lugar que não tinha nada a ver com Luísa.

Andei pela sala, olhando pelos cantos dos olhos para ver se a enxergava em algum lugar, mas simplesmente não a vi. De volta ao portal, fiquei totalmente indeciso sobre o que fazer. Valia mesmo a pena encontrá-la? Resolvi sondar a pista para ver se ela estava por lá. Fui andando lentamente, passando tanto próximo aos bares como nas bordas do palco, procurando por seus cabelos cacheados. Nada. Voltei ao banheiro, fiquei ali mais alguns minutos. Nada de novo. Voltei para a sala dos sofás. Dessa vez fui um pouco mais calmo, mais disposto a ser visto e ainda assim não obtive resultado. Estava nervoso, tremendo. Fui ao banheiro daquela sala. Depois esperei um pouco próximo à porta ali também, mas ela não apareceu.

Decepcionado com a minha loucura e certo de que ela estava em algum canto com alguém, voltei para meus amigos e falei que não a tinha encontrado. Ficamos ali por mais uma hora, mais ou menos, até todo mundo estar cansado demais para querer continuar. Menos Ulisses, que só queria sair quando o sol estivesse alto no céu. Ainda assim ele disse que nos acompanharia até a saída.

— A gente não pode deixar a Luísa aqui — Rebeca falou.

Todos concordaram em procurá-la. Saímos da pista e voltamos para a outra sala. O grupo se dividiu, cada um olhando uma parte. Algum tempo depois Ulisses levantou a mão, não muito longe de mim. Voltei a tremer. Acelerei o passo e, quando cheguei ao seu lado, nem conseguia acreditar.

Luísa estava deitada, dormindo, no mesmo sofá em que a deixamos. Foi como se soltassem pesos amarrados em mim e me deixassem flutuar lentamente para o céu. Não pude deixar de rir da situação. Me abaixei em frente ao sofá e passei os dedos de leve no braço da Luísa. Ela se remexeu um pouco. Reparei que ela estava abraçada com uma garrafa de água. Levei a mão até seu rosto e afastei seu cabelo, colocando-o atrás da orelha. Nessa hora, ela abriu os olhos e sorriu para mim. Foi lindo.

– Ei.

– Ei. Tudo bem aí? – perguntei, sorrindo de volta.

– Tudo. – Ela começou a se ajeitar, sentando no sofá.

– O que aconteceu?

– Eu não encontrei vocês. Os meninos foram embora algum tempo depois e eu dei uma volta pela pista, mas não encontrei ninguém. Aí vim para cá e acabei dormindo.

– Eu tô é com pena de você, Luísa – lamentou Ulisses. – Você está aqui há um tempão!

– Tudo bem – ela se resignou. – Eu estava precisando descansar mesmo.

Nisso, as outras meninas nos encontraram também e perguntaram o que tinha acontecido. Ficamos conversando mais alguns minutos e decidimos que realmente estava na hora de voltar para o hostel.

– Não esqueçam que eu vou ficar, queridos. – Ulisses estava realmente decidido. Nos despedimos e saímos.

Do lado de fora, o dia começava a clarear. Nas ruas ainda escuras muitas pessoas já faziam o caminho de casa. Seguimos pela Rambla com passos cansados. Algumas lojas, principalmente bares pequenos e lanchonetes, continuavam abertas, dispostas a atender jovens bêbados em busca de comida antes de voltar para casa. Várias prostitutas ainda estavam ali e mexiam com todo mundo que passava. Ignoramos o que elas falaram, até porque, como disse, nosso espanhol não era muito bom, e em poucos minutos chegamos ao hostel.

Entramos no quarto e a coreana estava lá, dormindo. Perto do resto do hostel, nosso quarto era um santuário do silêncio. O pessoal, voltando da rua, conversava alto nos corredores e nos banheiros compartilhados. Estávamos todos podres, mas ninguém teve coragem de tomar um banho. Eu consegui apenas escovar os dentes, porque precisava ir ao banheiro novamente antes de deitar. Cerveja.

Na volta para o quarto, esbarrei com as meninas indo ao banheiro também. Tirei minha roupa, coloquei uma calça de algodão e uma camisa velha, me enrolei na manta. Eu só consegui dormir depois que todo mundo voltou, trocou de roupa e deitou também.

Ali, todo enrolado, me virei para Luísa e, na pouca luz que a janela permitia entrar, consegui vê-la dormindo. "Lulu come e dorme", era como seus pais a chamavam. Dormir nunca foi um problema para ela. Acordar talvez fosse.

E então eu também dormi.

Dia 2

CAPÍTULO IX

Merda

Quando abri os olhos no "dia seguinte", era como se meu corpo estivesse estragado. Não conseguia raciocinar direito e demorei muito para entender onde estava e porque tudo estava tão confuso. Outra coisa que ajudou a embaralhar meus pensamentos foi encontrar uma pessoa dormindo no chão do quarto, com apenas uma colcha a separá-lo do piso gelado e um lençol para se cobrir naquele frio. Fiquei com pena.

Continuei olhando à toa para o estranho por alguns minutos, até ele simplesmente acordar e se levantar. Quando ele olhou para mim, eu o encarava com minha cara alegre matinal, já recuperado, e ele com a esperada cara de bêbado. Explicou que tinha vindo com Ulisses, que tinha oferecido um canto do quarto para ele descansar antes de voltar para o hostel dele, que era um pouco afastado.

– Ninguém reparou que você não está hospedado aqui?

– Ninguém nem viu. – Ele era brasileiro. – Não sei, não me lembro nem de ter visto alguém na portaria.

Conversamos mais um pouco em voz baixa. Ele se levantou, teve a delicadeza de dobrar a colcha e o lençol e se despediu.

Aproveitei para me levantar e ir ao banheiro. Culpa da cerveja. Coloquei o chinelo e me arrastei de forma sofrida pelo corredor até entrar no banheiro, onde havia algo estranho no chão. Ali, no meio do banheiro, havia um cocô.

Um cocô. Humano. E gigante. E pisado. A pior parte, sem dúvida, era a pisada. Ele estava completamente amassado no meio, mostrando que, quem quer que fosse o infeliz, tinha pisado com vontade e sentido aquele estranho prazer de amassar algo tão macio e nojento ao mesmo tempo. Fiquei um bom tempo ali, olhando. Meu cérebro, que parecia melhor desde que levantei, não conseguia processar aquilo. Resolvi que era melhor fazer o que tinha ido fazer e fui para a cabine mais longe possível daquela obra de arte.

Enquanto estava ali, me toquei de que não tinha visto marcas de pisada de cocô perto do objeto em si. Me distraí pensando se a pessoa tinha limpado as pegadas ou se eu não tinha visto mesmo. Achei a segunda opção mais sensata. Saí devagar, olhando para o chão, com a intenção de voltar ileso para o quarto. Atravessei o corredor e, quando entrei no quarto, notei outra coisa estranha. Havia cocô ali também.

A escada do beliche em que eu estava ficava de frente para a porta, e dei de cara com pequenos pedaços amassados de cocô em alguns degraus. Eu estava assustado. Era coisa demais acontecendo. Fiquei na ponta dos pés para olhar a cama de cima. Ulisses estava deitado ali. Achei ter visto pequenas manchas escuras em seu lençol. Não conseguia ver seus pés.

Voltei a olhar a escada e reparei que as marcas de cocô apareciam em degraus alternados e entendi que apenas um pé estava sujo. O pé da pisada única e magistral naquele cocô monstro do banheiro. Abri um grande sorriso e desejei muito gargalhar da situação.

Voltei para a cama, deitei e não consegui mais dormir. Aquilo tudo tinha me acordado de vez e eu fiquei lendo os comentários escritos no teto do beliche.

Eram muitos comentários, escritos a lápis ou a caneta, azul, preta, vermelha. Havia vários nomes de pessoas e também de cidades e países, cada um tentando deixar a sua marca, naquele desejo interno que todos temos de ser lembrados, de não ser esquecidos. De repente, Luísa se remexeu na cama. Por um momento pareceu que era só isso, até que ela começou a se levantar. Olhou um pouco perdida pelo quarto. Me viu ali acordado, olhando de volta para ela, mas não disse nada. Colocou os chinelos e saiu do quarto.

Eu já não pensava no teto do beliche. Fiquei em silêncio ali e me cobri, porque nervosismo sempre me deixa com frio. Pouco tempo depois ela voltou, mais acordada.

– Que horas são?

– Não tenho ideia. – Peguei o celular embaixo do travesseiro e vi que eram 10 horas da manhã.

– Posso deitar aí com você? – Quando terminou a pergunta, já estava do meu lado, fazendo sinal para eu chegar para o lado.

Abri espaço e levantei a coberta para que ela entrasse. E foi assim que, de repente, estávamos os dois na mesma cama, sob o mesmo cobertor e, ainda assim, nada aconteceu.

Quando ela me perguntou o que eu estava fazendo, apontei para os comentários e contei o que estava pensando sobre as pessoas não quererem ser esquecidas.

– É estranho pensar nessas coisas. Por exemplo, será que se eu morrer hoje, muitas pessoas vão ao meu enterro?

– Não tinha um comentário mais mórbido não?

– Assim, foi só um exemplo! Mas eu sempre achei que não tinha muitos amigos de verdade. Como eu sempre fui tímida, acho que nunca consegui me aproximar das pessoas.

– Você sempre foi tímida? Você é mó pra frente, Luísa!

– Eu sou supertímida! Eu gosto de falar, com certeza, e vamos combinar que eu falo muito mesmo, mas isso com as pessoas que já conheço.

– Mas ontem mesmo você ficou lá, na maior conversa com as pessoas desconhecidas.

– Ontem eu estava meio bêbada.

– Isso é verdade.

– E a gente nem conversou tanto. Pouco depois eles começaram a conversar entre eles e me deixaram pra lá.

– E porque você não procurou a gente?

– Eu procurei. Fiquei dando voltas naquela pista idiota e não encontrei vocês. Aí comprei uma água e sentei no sofá.

Acabei dormindo.

– Que chato. Teria sido muito melhor se a gente tivesse se encontrado.

– Vocês fizeram o quê?

– Nada. Ficamos morgando, bebendo o que a gente tinha direito de beber. Mas a música era aquele "tuntz tuntz" chato, e eu fiquei lá pensando quando você ia aparecer.

– Devia ter ido me procurar.

– Não conta pra ninguém não, mas eu fui. Só não te vi.

– Sério?

– Dei duas voltas naquela sala idiota e também não te encontrei.

Ela olhou bem nos meus olhos. Nisso, já estávamos virados um para o outro, nossas cabeças no mesmo travesseiro, o cabelo dela encostando no meu. Estava absolutamente apaixonado e, assim como eu sabia que ela estava procurando por mim, ela sabia que eu queria era estar com ela naquele fim de noite.

– Eu também sinto que não tenho muitos amigos de verdade –interrompi.

– Mas você tem ótimos amigos!

– Eu tenho, mas acho que eu não sei manter contato com eles.

– Como assim?

– Estou aqui há dois meses, e converso com pouquíssimas pessoas do Brasil. Não sei ficar puxando assunto e elas não vêm falar comigo. Aqui não tem a desculpa de que a gente se esbarra de vez em quando por aí. Eu não esbarro com ninguém. E se a gente não conversar pela internet, vou ficar um ano sem falar com muita gente.

– Um ano?

– Foi só isso que você gravou do que eu disse? – brinquei.

– Não!

– Foi sim, mas tudo bem. Minha passagem de volta está marcada para novembro que vem. Vou para o Brasil passar umas semanas.

– Sério? Então a gente pode se ver!

– Sim. Se você sair do seu interior e for para Vitória me visitar.

– Você pode muito bem passear em Viçosa!

– E tem o que lá?

– Tem eu, uai!

Mais um olhar. Mais corpos virados um para o outro.

– E tem o Douglas! Ele também está lá, uai.

– É verdade, uai. – Douglas é um amigo nosso em comum. Ele já era muito amigo da Luísa quando eu a conheci e ele acabou indo para Viçosa também. Nós continuamos bons amigos e nos víamos sempre que podíamos.

– Não é assim que usa o "uai".

– Eu sei. E tem o que pra fazer em Viçosa?

– Tem muitas coisas! Tem botecos sujos, lanchonetes gostosas e tal.

– Parece ótimo. Certamente vai valer os duzentos reais de passagem.

– Nem é isso. Tem também a casa do Arthur Bernardes!

– Quem é esse?

– Sério?

– Não. – Foi presidente do Brasil de 1922 a 1926. – Mas ele morou lá, foi?

– Foi! E ele meio que fundou a universidade. O prédio central lá é chamado de Bernardão por causa dele.

– Que homenagem linda.

– É sim, e a casa dele é um museu. Você pode ir lá visitar.

– Você já foi?

– Não.

– A cidade tem um único museu e você não foi lá?

– Viçosa super tem mais de um museu.

– Claro. Cita os outros aí.

– Eu não sei, mas com certeza tem.

– Certo.

Eu já estava quase rindo alto, e ela com a cara de quem estava percebendo que eu só fazia graça. Depois de mais uma troca de olhares, cada um desviou o seu – eu para a parede e ela para cima.

– E nossos poucos amigos? – perguntou.

– Vamos sobreviver. A verdade é que a gente precisa aprender a respeitar o espaço dos coleguinhas. Cada um tem seu jeito, acho, e se a gente tem dificuldades, eles também devem ter. Eu nem sei bem como anda sua vida direito no Brasil, mas posso listar várias pessoas que fariam o possível para te ajudar, se você precisasse. Pode ser que elas não estejam sempre perto, mas não significa que não gostem da gente.

Ela ficou um pouco em silêncio, passando os dedos pelos textos do beliche. Demorou um pouco nos nomes de um casal.

– Você deve estar certo – concluiu. – Pensando desse jeito, gosto de pensar que muitas pessoas me ajudariam se eu precisasse mesmo.

– Com certeza ajudariam. Eu mesmo faria qualquer coisa por você, e você sabe.

Ela riu para mim e, bem do jeito dela de ser, me deu tapinhas leves na cabeça, como se dissesse "bom menino".

O beliche se remexeu.

Olhamos para cima. Remexeu de novo, com mais força, e o teto parecia afundar, com Ulisses mudando de posição em cima da gente. Coloquei a mão, como que tentando segurar. Sempre tive um medo estranho dessas camas. Começamos a ouvir murmúrios.

Ulisses falava alguma coisa sem sentido. Parecia que estava sonhando ainda. Mas aí começou a falar coisas inteligíveis.

– Eu tô muito podre, meu Deus do céu. – Foi a primeira coisa que ele falou. Continuou resmungando: –Tá muito frio, cadê meu cobertor?

Ao perceber que ele estava falando sozinho, eu e Luísa combinamos, com um olhar, ficar em silêncio e ver se ele voltava a dormir.

– Cadê meu lençol?

Ele se remexeu mais um pouco e aí começou a melhor parte.

– Que isso? Isso é sangue? – Um segundo depois veio o desespero. – Caralho! Isso é merda!

Não me aguentei e comecei a rir alto. Luísa, do meu lado, não estava entendendo nada, porque não tinha reparado nas marcas de cocô na escada. Enquanto isso, as reflexões de Ulisses continuavam e ele tentava dar algum sentido para aquela loucura.

— Que porra é essa? Será que eu me caguei? Não pode ser. Eu nunca faço isso. De onde veio essa merda? Caralho, tem merda pra todo lado, como pode? Minha bunda não está suja! Não pode ser minha. Não é minha, não parece minha. De onde veio isso?

Percebendo minhas gargalhadas, ele resolveu perguntar:

— Isaque, pelo amor de deus, o que está acontecendo?

— Cara, eu não sei, mas eu fui no banheiro mais cedo e tinha uma merda gigante no chão.

— Puta merda, é sério isso? Será que eu caguei no chão do banheiro?

— Eu não sei, querido, mas alguém cagou. E outro sortudo pisou em cima.

— Minha nossa senhora, é sério? Será que eu pisei na merda? — Depois de alguns segundos, veio um lamento lá de cima.

— Eu pisei. Caralho. Eu pisei numa merda desconhecida. Vou lá lavar meu pé e ver essa bosta do banheiro. Não é minha, não é. Diz que não.

— Eu espero que não — respondi, gargalhando. — E cuidado que tem cocô na escada!

— Bicho, que nojento! — Foi a reação da Luísa, enquanto Ulisses descia cambaleando, evitando os pedaços de cocô nos degraus e saía para o banheiro. — É sério isso?

— Seríssimo.

— Será que é dele mesmo?

— Nossa, eu espero que sim.

Rimos mais um pouco.

– Preciso contar isso pra alguém.

– Tadinho, não faz isso.

– Daria um bom livro. Acho que daria uma história engraçada, pelo menos.

Então ela me pediu para explicar direito o que tinha acontecido e ficamos ali conversando sobre o quão bizarra era aquela história, até Ulisses voltar. Com um papel na mão, começou a esfregar a escada para tirar a sujeira.

– Qual é o veredicto?

– Aquela bosta não é minha – rosnou. Ele estava revoltado.

– Como é que você pode saber disso, cara?

– Eu conheço minha bosta, Isaque. Eu vejo todo dia. Aquela lá não é minha.

Rimos mais um pouco e Luísa aproveitou para tentar acalmá-lo:

– Que bom que você só pisou, então. Você podia ter escorregado e se machucado.

– E se sujado ainda mais – completei.

– Quero é saber o que eu vou fazer com essa merda de lençol.

Ele tinha razão. Quando entramos no hostel, recebemos os lençóis para colocar na cama, então eles deveriam durar até a nossa saída. Mas não parecia algo complicado de se resolver.

– Uai – disse, olhando para Luísa e me gabando de copiar seu mineirês. – É só pedir para eles te darem um conjunto novo.

– E você acha que eu vou lá falar que eu sujei tudo de merda?

— Bem, você não precisa falar isso — ponderou Luísa. — Só pedir um novo.

— Nem fodendo — encerrou e começou a colocar seu plano maligno em prática. Parou do lado do beliche e puxou os dois lençóis, enrolou tudo em uma bola de pano e cocô e simplesmente jogou embaixo da cama.

— E eu vou ter que ficar com esse negócio embaixo de mim? — falei, meio indignado, meio rindo daquilo tudo.

— Torce pra não feder — foi a resposta. — E me dá o seu lençol.

— Mas eu só tenho um pra me cobrir!

— E você não está usando! Está com a coberta aí. E eu ainda tenho a minha coberta.

Eu realmente não estava usando o lençol, que se encontrava dobrado no canto da cama. Entreguei para ele, e ele colocou cobrindo o colchão. Subiu as escadas de novo e disse que ia voltar a dormir.

— Você não quer aproveitar e comer alguma coisa não? Antes de deitar de novo?

— Por nada neste mundo. Eu preciso dormir, cheguei aqui quase às oito da manhã.

Olhei para Luísa e perguntei se ela se animaria de ir comer e ela topou. Colocamos uma roupa leve, já que não iríamos muito longe, e descemos. Descobrimos que o refeitório já estava fechado e não tinha mais café da manhã. Fomos para a rua chateados, porque não queríamos gastar esse dinheiro.

— A gente devia ter ido assim que acordou — Luísa lamentou e depois brigou comigo por não ter lembrado. Realmente, perdemos um café da manhã de graça, mas pelo menos estávamos na rua, vendo a cidade. Como era o último dia do ano, havia muita coisa fechada. Caminhamos em busca de uma padaria, mas não encontramos.

— Preciso de uma Coca-Cola — Luísa disse. Não falei nada, mas meus pais me criaram para achar isso totalmente absurdo. Algo sobre ter seu estômago todo corroído.

Depois de algum tempo, encontramos uma casa de kebab aberta. Eu nunca tinha comido um kebab, mas morria de vontade, e na Espanha parecia haver um em cada esquina. As casas de kebab sempre têm um grande espeto giratório que fica em pé, cheio de pedaços de carne. Eles fazem de diversos jeitos, às vezes em espetos, às vezes no formato de um wrap. Sentamos em uma mesa e Luísa assumiu a dianteira, já que ela é quem falava a língua.

Pediu um kebab e uma tostada com jamón serrano e esperamos. O cozinheiro foi lá e, passando a faca no grande espeto, tirou vários pedaços, juntando com uma salada e enrolando no pão sírio. Eu pedi uma água, para me recuperar da pequena ressaca pela qual estava passando, e comi. Era absurdamente gostoso e grande. Não sei se havia um molho especial, mas o tempero da carne estava ótimo e juro que sinto saudades ainda hoje. Luísa, que nunca foi muito boa de comida, até gostou da tostada, mas deixou o finalzinho para mim. A Coca-Cola, no entanto, foi indispensável.

— Acho que estou passando mal — falou.

— Está nada.

— Esse tempero deles é muito forte.

Eternamente fresca. Dali, voltamos para a rua e fizemos o caminho de volta, bem mais tranquilos. Fome saciada, fomos reparando na cidade, nos moradores e nos poucos turistas na rua, como se todo mundo já estivesse se preparando para a virada. Eu não sabia para o que me preparar.

Tentei relaxar pelo resto do caminho e pensar em como a gente aproveitaria o dia. Não deu muito certo.

CAPÍTULO X

Gótico

⁓

— Você sabia que a Kibon aqui se chama Frigo?

— Oi?

Esse foi o nosso interessante assunto enquanto a gente voltava para o hostel.

— Sabe a Kibon? Do sorvete e do picolé?

— Eu entendi, mas o que quer dizer Frigo?

— Eu sei lá, você que fala espanhol. Eu só descobri o nome da marca.

— Acho que não é espanhol. Deve ser uma abreviação de frigorífico, ou frigobar, ou sei lá.

— É verdade, hein. Interessante. Acho que nunca tinha pensado assim.

— Desde quando você está pensando sobre isso?

— Desde ontem.

— Ah.

— Em Portugal o nome é Olá.

— Você virou especialista em Kibon?

— É que o negócio tem um nome diferente pra cada país! É esquisito!

Depois de alguns segundos refletindo, ela concordou que era um pouco esquisito, sim. Mas nosso assunto parou por aí, e voltamos praticamente em silêncio o resto do caminho.

As ruas estavam começando a ganhar mais movimento agora, com aquelas poucas pessoas ainda com a cara amassada do dia anterior, roupas leves e descompromissadas, já que o dia seria de relaxamento para todo mundo. Nada demais iria acontecer até a noite, na festa da virada.

Chegando em nossa rua, aproveitei que estávamos sem pressa e pedi para irmos mais devagar pelas praças que havia perto do hostel. A primeira delas era a Plaça de Sant Agustí, com uma grande igreja do século XVIII que dava nome à praça e fazia parte de todo um monastério que já não existia. Não sei se sua fachada precisava de uma reforma ou se ela tinha sido preservada daquele jeito, com rachaduras, com os tijolos de fora, muros incompletos no lado em que os antigos edifícios foram derrubados. Ainda assim, ela era muito grande e bonita. A praça em si era bem cuidada, com bonitos edifícios ao seu redor e postes de iluminação antigos. Algumas famílias estavam ali, brincando com crianças, aproveitando a manhã.

Logo adiante havia a pequena Plaça del Canonge Colom, bem ao lado do antigo hospital que dá nome à rua, Carrer de l'Hospital. Ali, alguns guarda-sóis protegiam as pessoas do calor. Sentadas nas cadeiras coloridas, cada qual lia seu livro, tomava seu café, ou conversava com seus amigos tranquilamente. O hospital de Santa Cruz em si foi construído no início do século XV e desativado em

1926. Depois disso, devido ao seu tamanho, passou a abrigar diversas instituições, como a Biblioteca de Catalunya, instituições de ensino, etc. Nosso hostel ficava bem em frente à pequena capela gótica do hospital, que se tornou um espaço para exibição de arte local.

Ao entrar no hostel, vimos que as pessoas já estavam acordando. Ulisses ainda dormia, mas Nina e Rebeca conversavam numa paz, que me fez perceber que elas combinavam muito bem. A menina coreana estava deitada em sua cama lendo um livro e não interagia com ninguém.

Sentamos em nossas camas e entramos na conversa. Descobrimos que elas tinham acordado pouco depois que saímos e até então tinham apenas tomado um banho e se arrumado. Estavam esperando para ver se a gente voltava. Lembramos que naquele dia estava praticamente tudo fechado, assim não adiantava muito correr pela cidade para ver monumentos históricos, e elas também não pareciam estar com coragem para isso. Estávamos todos acabados da noite anterior.

— Estamos ficando velhos mesmo — lamentei.

— Fale por você — retrucou Rebeca. — Eu quero andar um pouco por aí, nem que seja à noite, antes da virada.

— Falando nisso — Luísa entrou na conversa —, o que nós vamos fazer à noite?

— Ulisses queria ir para uma boate, mas os preços são absurdos, e agora acho que nem teria condições, mesmo se quiséssemos ir.

— Não, gente, boate de novo não. — Luísa então quis saber o que é que os catalães mesmo gostavam de fazer.

Nina é que apareceu com a resposta:

– Eu li que eles fecham a Plaça de Catalunya à noite, onde as pessoas se juntam. Por isso nos hospedamos aqui, inclusive.

– Que legal! – Luísa se alegrou. – E aí é só ir lá e ficar parado?

Antes que alguém pudesse responder, veio uma voz de cima de mim.

– Vocês não calam a boca?

– Não, Ulisses – respondi. – Queremos você acordado para fazermos alguma coisa útil.

– Vocês estavam falando do réveillon?

– Sim.

– Eu sei o que eles fazem aqui. – Ele já tinha passado um Ano-Novo em Barcelona.

– Desembucha.

– A tradição é você ter doze uvas na mão na hora que der meia-noite. E então, para cada badalada do sino, você come uma uva.

– Sério? – Foi a pergunta de todo mundo.

– Sim. E junto com a uva eles bebem um espumante típico da Espanha.

O espumante era a cava, que só recebe esse nome se for produzido na Espanha e com as uvas certas.

Pareceu fácil. Ir para a praça, comer uva e beber espumante. Todo mundo gostou da ideia de fazer algo mais simples para aproveitar em grupo, em vez de ir para uma balada cara em que nós nem conseguiríamos conversar direito. Até a Nina, que entrou no nosso grupo de repente, estava feliz de ir com a gente, e sua amiga claramente preferiria algo simples e rápido, então estava tudo certo.

Ficamos no quarto mais algum tempo conversando e descansando, até que as meninas começaram a realmente ficar com fome. Elas sequer tinham tomado café. Ulisses queria dormir mais, mas como nós não jantaríamos de verdade à noite, conseguimos convencê-lo a buscar um bom lugar para almoçar no meio da tarde.

Acabamos não indo muito longe, pois a Carrer de l'Hospital tem vários cafés e restaurantes, deixando todo mundo satisfeito. Fomos um pouco mais para dentro do bairro pela primeira vez e almoçamos em um restaurante próximo à outra Rambla que encontramos, a Rambla de Raval.

Já não me lembro o que comemos ali, mas não foi comida de verdade, nem nada típico da Espanha. O restaurante tinha uma esplanada e ficamos sob um guarda-sol comendo nosso lanche com calma e conversando. Até terminarmos, o sol desceu e a noite chegou. Estava cedo ainda.

Depois disso voltamos para o quarto e as meninas tiraram a última soneca, enquanto Ulisses foi tomar um banho e se arrumar. Ele certamente demorou mais do que as meninas para ficar pronto, e saímos do hostel aproximadamente às oito horas da noite. Tínhamos quase quatro horas para nos divertir pela cidade antes de irmos para a Plaça de Catalunya.

— Temos que comprar nossas uvas e nossa garrafa de cava! — lembrou Rebeca.

— À noite as lojas ficam abertas — respondeu Ulisses. — Podemos comprar quando estivermos indo para lá, pra não ficar andando por aí com as coisas na mão.

Mais uma vez a menina coreana não quis sair com a gente e resolveu ficar lendo. Combinamos com ela de buscá-la na hora que fôssemos para a praça.

Decidimos que nosso passeio seria pelo bairro gótico, para ver com mais calma o que não conseguimos no dia anterior. Partimos para a Rambla e descemos um pouco até chegar novamente à Plaça Reial. O ambiente estava todo animado com os restaurantes abertos e diversas pessoas sentadas nas mesas espalhadas pela praça, conversando e esperando a chegada do Ano-Novo. Tinha um cheiro maravilhoso de comida no ar, mas nós estávamos satisfeitos, não sentíamos fome. Muitos grupos se encontravam e ficavam conversando próximos à fonte central e entravam e saíam para outros destinos da cidade. Nós sentamos um pouco na fonte e apreciamos a vista por alguns minutos, brincando com a água e mexendo nas poucas folhas que tinham caído durante o dia. Dessa vez estávamos com nosso mapa turístico da cidade e descobrimos que há uma praça no México que é irmã dela, e que suas luminárias foram feitas por Gaudí.

— Esse homem fez tudo — foi o comentário de Ulisses.

Dali, seguimos uma ruelinha até chegarmos à Plaça de Sant Miquel, que também estava bastante movimentada, com pessoas bebendo ou comendo nas esplanadas. No meio dela vimos um alto monumento que chamou a atenção de todo mundo. Quando chegamos perto, vimos que era uma homenagem a "Els Castellers". Na hora ficamos meio confusos, mas depois descobrimos que um castell é uma torre humana, aquela em que um sobe nas costas do outro, e depois mais um, e mais um, até formar uma alta torre. Um guia da Espanha falava que elas eram comuns nas festividades espanholas, principalmente catalãs, e achamos interessante que fossem famosas o suficiente para receberem um monumento.

Essa praça é praticamente junto da Plaça de Sant Jaume, o que gerou uma longa conversa sobre o nome Jaime. Isso porque Rebeca perguntou quem era São Jaime, e eu respondi que, em português, seria São Tiago.

– O que tem Tiago a ver com Jaime, Isaque? – Ulisses se revoltou. – Como pode isso?

Sentamos em um dos bancos da praça, apreciando a vista da Generalidade da Catalunha, que é algo como o palácio do governo, onde se reúne o parlamento, e ficamos conversando sobre isso.

– Eu sei que o pai do Harry Potter originalmente é James, mas em português ficou Thiago – comentou Luísa.

– Exatamente – confirmei, feliz novamente por termos algo em comum.

– Mas o que tem a ver? – Ulisses estava ficando nervoso.

– Os nomes devem ter a mesma origem – foi a resposta de Rebeca.

– Sim.

– Mas parece tão diferente, né? – Nina apareceu para balancear a conversa.

– Então, eu li sobre isso por causa da história do Harry Potter – comentei e expliquei: – Parece que os dois são variações de um nome hebraico que seria Jacó, ou Iago. Quando Tiago virou santo, juntaram tudo em Santiago. E aí, em algum momento, saiu o 'San' e ficou o "Tiago". Simples assim.

– Que explicação de merda! – A revolta de Ulisses não passava. – E por que tem tanta variação desse nome?

– Porque todo nome tem. Pensa: Guilherme é uma versão portuguesa de William, por exemplo, e por aí vai. O problema é que antigamente não havia regras para isso, então cada pessoa escrevia palavras do jeito que achava melhor. Eu costumo ler textos antigos de Portugal, e é comum ler em uma carta a mesma palavra escrita de formas diferentes. Foi só depois que os dicionários se tornaram comuns que realmente criou-se uma versão "oficial" das palavras escritas.

As meninas ficaram satisfeitas com a minha explicação e me chamaram de nerd, ao que respondi: "Pelo menos eu acho que é isso".

Antes de continuar, descobrimos que a maior parte da praça só existe hoje porque demoliram a antiga Igreja de São Tiago e seu cemitério, que ficavam ali. Imaginamos que as marcações no chão poderiam simbolizar o antigo traçado da igreja. Fomos andando e discutindo sobre o valor histórico dos monumentos e a importância de preservar algo antigo, como aquela igreja. Chegamos à conclusão de que se você não puder demolir nada, fica difícil modernizar a cidade. Lembro que Braga, que foi uma cidade romana, tinha muitos problemas, pois cada buraco feito dava em uma antiga construção. Assim, essas cidades muito antigas resolveram que apenas construções com grande valor histórico deveriam ser preservadas e abriram espaço para obras importantes atuais.

Quando vimos, tínhamos chegado a uma grande rua. Havia uma loja de conveniência aberta e Luísa pediu para entrarmos, pois queria comprar algo para beber. Dentro, reparamos que estavam vendendo tanto as cavas quanto as uvas e acabamos comprando tudo o que precisávamos para virar o ano à moda catalã. Como não tínhamos planos para parar e jantar, então, além das coisas da virada, compramos algo para comer durante o passeio.

Um pouco ao lado, chegamos a um bonito lugar, onde havia um pedaço da antiga muralha romana da cidade. Era a praça de Ramon Berenguer el Gran, que foi conde de Barcelona no século XI e chegou a dominar grandes regiões no que hoje é a Espanha e a França. Ali havia uma estátua dele. Ficamos um pouco impressionados com seu histórico, e acabamos parando, pela primeira vez na noite, para tirar uma foto.

– Olha, gente! – falei, interrompendo a conversa do momento. Todos olharam para cima, para onde eu apontava, tentando entender alguma coisa. – Estão vendo aquela luz ali? Sabem o que é?

Eles continuaram olhando para cima e agora também para mim, me achando louco, e disseram que era um avião. Afinal, era só uma luz passando pelo céu, como sempre. Mas eu sabia que não era.

– Mas vocês repararam que ela não pisca? Não há luzes vermelhas ou azuis, apenas essa luz branca sem piscar e sem deixar marca no céu.

– É o que então, geniozinho?

– É um satélite.

Luísa rapidamente perguntou se eu tinha certeza, tentando me salvar de um erro esquisito. Mas eu tinha. Expliquei que eu tinha me inscrito em um alerta da NASA por e–mail, que avisava quando satélites poderiam ser vistos a olho nu da terra. Quase todos os dias, naquele período, havia um no céu, e sempre no fim do dia.

Depois de me chamarem de "nerd" mais vezes, ficaram observando o satélite terminar de passar. Na verdade, eles são muito rápidos, então tudo acabou em poucos segundos. Ulisses tinha certeza de que tinha perdido um minuto de vida, mas o que importava é que as meninas tinham gostado. Que Luísa tinha gostado.

Começamos a voltar para a Rambla seguindo parte da muralha e, pouco depois de virar uma esquina, estávamos de frente com a catedral de Barcelona. Ao seu redor havia um espaço para pedestres e cheio de barracas de comidas típicas e artesanato de uma feirinha noturna. Muitas pessoas andavam por ali, turistas principalmente, comprando lembrancinhas e indo conhecer a igreja.

Eu e Luísa logo dissemos que queríamos entrar na catedral. Nina resolveu nos acompanhar, enquanto Ulisses e Rebeca ficaram do lado de fora para comprar suvenires. Lá dentro, turistas se misturavam com moradores, os primeiros andando e olhando para cima e os segundos sentados e olhando para baixo. A igreja era muito bonita e tinha aquela cara de fortaleza que só as igrejas medievais têm: grandes paredes de pedra maciça, estandartes de pano, esculturas impressionantes nas paredes e capitéis e lustres maravilhosos.

Encontramos uma placa de informação histórica perto de nós e descobrimos que ela tinha sido construída entre os séculos XIII e XV sobre uma antiga catedral do período romano. E que a catedral românica também tinha sido construída sobre uma igreja visigoda, que precedeu outro templo ainda mais antigo, que seria paleocristão.

– É impressionante como alguns lugares como esse são locais de adoração quase que desde sempre, não é?

– Sim! – Luísa respondeu, entusiasmada. – As pessoas vêm aqui há milhares de anos. É impressionante mesmo.

– A Sé de Braga tem uma história bem parecida. Não se sabe quando o lugar onde ela foi construída começou a ser um local de adoração. Um foi construído em cima do outro, que foi construído em cima do outro... Até chegar nela, no século X.

– Século X? Caramba!

– É, ela é muito antiga – disse, sorrindo. – Você devia ter ido me visitar. Você ia adorar Braga.

– Eu imagino que sim. – Ela sorriu de volta. – É uma pena. Fica para a próxima. – Então ela olhou para Nina, que fingia não estar ouvindo nada e prestar atenção em outra coisa. Entendi o recado e voltamos a andar os três juntos, apreciando a construção.

Quando saímos, nossos amigos ainda estavam olhando as barraquinhas. Luísa comprou algumas coisas, como ela sempre faz em viagens, para levar para a família e amigos no Brasil.

– E agora? – indagou Rebeca.

– Agora nós vamos para a praça! – disse, animado. Até saltitei um pouco, e as meninas riram da minha alegria toda.

– Mas ainda falta um tempo – disse Ulisses –, e eu não estou a fim de ficar espremido naquela praça por horas a fio.

Concordamos que não era necessário, mesmo. Conversamos um pouco sobre o que fazer e decidimos que continuaríamos caminhando em direção à Rambla, para não precisar correr depois. A ideia era encontrar no meio do caminho um lugar para parar e comer nossos lanches e passar o tempo.

Faltava muito pouco para a virada.

CAPÍTULO XI

Virada

Tempos depois dessa noite, descobri que em outra praça, a Plaza de España, havia todo um evento programado para o réveillon, com a Font Màgica de Montjuïc fazendo coreografias com água, espetáculos e fogos de artifício. O problema é que era um pouco longe e, mesmo se a gente soubesse, acho que o plano não mudaria. E, sinceramente, nossa virada acabou sendo muito mais intimista do jeito que foi. Pelo menos esta é a minha opinião hoje.

Nós achamos um lugar para sentar e fazer nosso lanchinho com calma, onde ficamos um tempo conversando antes de perceber que a hora da virada estava chegando. Juntamos papéis e restos e jogamos na primeira lixeira que encontramos no caminho. O resto carregamos nas sacolas.

Aceleramos o passo porque ainda tínhamos que voltar ao hostel e pegar a amiga coreana da Nina. Quando chegamos na Rambla, já havia muitas pessoas andando em todas as direções – cada qual indo para um evento diferente.

A rua do hostel também estava movimentada. Vários jovens – muitos estrangeiros – caminhavam, sorrindo, com bebidas nas mãos. Somente ao ver algumas pessoas com as uvas também é que finalmente acreditamos que os catalães faziam isso no momento da virada.

Dentro do quarto do hostel, a coreana, deitada, ainda lia seu livro. Nina conversou com ela e esta foi se arrumar para sairmos. Aproveitamos para dar mais uma caprichada nas roupas, porque a noite estava um pouco mais fria que nos dias anteriores, e também para deitar e descansar um pouco as pernas porque não sabíamos ainda se faríamos alguma coisa mais tarde. As meninas estavam muito bonitas e até a coreana acertou na preparação. Luísa estava linda com seu batom vermelho-escuro se destacando na pele branquinha. Seu cabelo estava mais cacheado ainda, e eu, cada segundo mais apaixonado. Rebeca gostou tanto do batom que pediu emprestado, e ela também estava muito bonita. Meu beliche ficava virado para o delas e fiquei observando as duas retocando a maquiagem.

Ulisses, que estava deitado na cama acima da minha, chamou:

– Isaquinho, você não vai querer mesmo ir para a balada depois?

– Meu querido, acho que não... Quer dizer, certeza que não.

– Gay.

– Eu não sei o que isso tem a ver com a minha decisão.

– Eu também não, mas achei apropriado.

– Certo. Então, eu não queria gastar essa grana toda hoje, até porque queria aproveitar amanhã para ir em algum lugar ainda.

Nós tínhamos visto festas a partir de 50 euros, que era muito dinheiro para mim. Com esse valor, dava para entrar na Sagrada Família tranquilamente e, de repente, até em mais algum lugar. Isso, claro, dependendo do meu estado no dia seguinte.

– Você e essa coisa de cultura. Não tem nada demais não, menino, já entrei lá, viu? É bonito, mas só.

– Eu duvido muito que seja só bonito. É um dos monumentos mais famosos do mundo e, se tudo der certo, amanhã eu vou lá.

Rebeca e Luísa ouviram a conversa e ficaram animadas com a ideia.

– Mas será que ela abre amanhã? – perguntou Rebeca. – É dia primeiro.

– É mesmo... Não tinha pensado. Será que é feriado aqui também?

– Deve ser – Luísa lamentou –, mas qualquer coisa a gente pode andar pela cidade. Eu nem tive tempo de conhecer muita coisa ainda. Vocês andaram um monte antes de eu chegar.

Pouco depois disso, Nina e a coreana terminaram de se arrumar. Guardamos nossas coisas nos armários com cadeado porque aquela noite certamente seria louca, e como já tínhamos visto até cocô no chão do banheiro, não duvidávamos de nada.

Saímos e, chegando na porta, Nina pediu para esperarmos porque ela tinha esquecido alguma coisa no quarto. Parado ali, fiquei observando as pessoas na rua.

Principalmente casais. Eles eram sempre muito novos, porque os europeus estão acostumados a viajar para outros países sozinhos desde cedo. Sorri diante da felicidade dos outros.

Nós começamos a subir pelo calçadão em direção à praça e reparamos que, apesar do número de pessoas na rua, não eram muitas que estavam indo para onde nós íamos. Só passamos por uma multidão quando finalmente chegamos na beira da praça e descobrimos que havia uma cerca, próxima à qual guardas controlavam a entrada de pessoas. Ficamos alguns minutos esperando nossa vez de entrar e, ao chegar, descobrimos que não poderíamos entrar com a garrafa de vidro.

Ficamos um pouco abalados porque, afinal, estávamos seguindo uma tradição local, como é que poderia dar errado? Mas, para a nossa alegria, o guarda virou as costas para nós e, quando voltou, tinha seis copos de plástico na mão. Entregou para Ulisses e falou que devíamos esvaziar a garrafa ali mesmo e deixar com ele. Dividimos nossa bebida igualmente, deixamos a garrafa com o guarda simpático e entramos no espaço da praça. Organização é uma maravilha.

Várias pessoas já estavam ali, mas dava para notar que não ficaria muito cheio. Nós conseguimos andar tranquilamente até achar uma posição que nos permitia ver toda a praça e os prédios ao redor, porque não sabíamos de onde viriam os fogos, ou qualquer coisa que estivesse programada.

Na praça havia um grande relógio e ficamos um tempo discutindo se conseguiríamos comer 12 uvas até soarem as 12 badaladas que anunciariam a meia-noite. Nina estava um pouco preocupada.

— Parece uva demais, gente.

Ao nosso lado, por algum motivo, algumas meninas conversavam sobre como em filmes e séries americanas as pessoas se beijam na virada do ano, mesmo que não fossem um casal.

— Você acha que a Luísa quer me dar um beijo de Ano-Novo, Isaque? — Ulisses perguntou sorrindo.

— Eu ouvi isso, Ulisses — Surgiu a voz de Rebeca do nosso lado, sem virar os olhos para nós dois.

Resolvi deixar o assunto para lá, para não criar problemas e comecei a pensar na possibilidade de nós seguirmos a tradição americana e ganhar um beijo da Luísa ali mesmo, em poucos minutos.

Tudo dentro de mim foi à loucura. Aquela era uma possibilidade bastante real, não era? Aos poucos, a euforia passou e eu tive de aceitar que não, não era tão real assim. Em primeiro lugar, porque eu ainda tinha uma namorada. Se isso não importasse — importava, e muito, mas se não importasse — ainda havia o problema de as duas serem amigas. Meu lado idiota começou a tentar decidir o quão amigas elas ainda eram depois de a Ana ter começado a namorar comigo, mas isso tudo era em vão. Eu não era mais um jovem idiota. Eu já tinha machucado alguém e me arrependido. Eu já tinha crescido a ponto de saber não só o tipo de homem que eu queria ser, mas o tipo de homem que eu era. Que sou.

Eu não nasci nem fui criado para ficar com várias garotas, nem para trair alguém. Eu já tinha traído a Luísa e foi tudo simplesmente errado. Depois, tentei transformar o que fiz no certo, e passei anos difíceis me convencendo de que eu tive um bom motivo, quando não tive. Mas foi um aprendizado. Pessoas erram. Eu errei e inclusive já tinha pedido desculpas pelo que fiz. Então, por que eu continuava me sentindo tão mal com aquilo tudo? E por que eu não conseguia deixar de lado a ideia de acontecer algo entre nós dois em Barcelona?

— Isaquinho?

Olhei para trás, e vi a mão de Ulisses em meu ombro. Percebi que eu estava meio afastado do grupo e que devia estar ali cabisbaixo e sozinho há algum tempo. Ulisses não estava com o típico sorriso de deboche. Sorri para ele.

— Falta pouco no meu relógio, decidimos dividir logo as uvas para não dar confusão. Vem.

Me juntei a todo mundo, abrimos a sacola e a caixa de uvas e começamos a dividir. Logo vimos que tínhamos uvas para um batalhão e, depois que cada um pegou as suas doze, guardamos o restante na caixa para mais tarde ou para o dia seguinte.

Era uma confusão de sacolas, copos de espumante e uvas na mão de todo mundo na hora que começou o burburinho na praça. Faltavam poucos segundos. O relógio estava aceso e logo todos começaram a fazer a contagem regressiva.

Dez, nove, oito... Nós nos olhávamos rindo, felizes afinal, por estar ali, juntos. Não havia mais problemas, dúvidas, nada. Só aqueles últimos segundos e então... Dois, um, mas não acabou. Na verdade, começou a outra contagem. Na hora em que o relógio bateu meia-noite, todos se apressaram para comer a primeira uva.

Um, dois... Nós continuávamos nos olhando, mas agora praticamente gargalhando, enquanto tentávamos mastigar as uvas o mais rápido possível. Descobrimos que não era tão difícil assim e, sem desespero, nos divertimos muito.

Três, quatro... Olhei para Luísa e não podia deixar de achá-la linda. Ali, entre aqueles dois segundos, tive certeza, mais do que nunca, de que queria beijá-la. E pelos próximos segundos, me permiti sonhar não só com aquele beijo, como com todos os seguintes. Sonhei com a minha volta para o Brasil, para estar ao lado dela, com uma visita a Viçosa, com sua festa de formatura e com nossos primeiros planos de casamento. E também com as dificuldades que passaríamos, com a sua luta contra a depressão e com as discussões sobre a bagunça que ela deixa pela casa. Mas, principalmente, sonhei com coisas boas. Como conseguir empregos em uma cidade grande e como começar nossa vida juntos. Com nosso primeiro apartamento, nossas primeiras gatinhas que adotaríamos juntos. Sonhei com um mundo feliz e real, que estava quatro anos no futuro, pelo menos. E desejei ali, sozinho, que não fosse isso tudo. Que fosse só um pouquinho.

E, de repente, no nove, dez, onze... Voltei à realidade, com uma alegria e uma tristeza que pesavam dentro de mim. Olhei novamente para Luísa e, com a mesma mão que levava a última uva até minha boca, enxuguei a lágrima curta que desceu pela minha bochecha, e aceitei que aquele era um futuro pelo qual eu teria de lutar da forma correta, devagar e decidido, pelos meses seguintes.

...doze.

O silêncio do sino deu lugar aos gritos e festejos de todos ali, na praça e em toda Barcelona, toda Espanha. Rebeca foi a primeira a me abraçar.

– Ânimo, Isaque! Ano-Novo, vida nova, lembra?

Ela me deixou com um sorriso no rosto e foi abraçar os outros. Ulisses foi o próximo, sem fazer piadinhas. Até a coreana, sempre tão distante, abraçou todo mundo, sorrindo. Alegria é contagiante. Por fim, Luísa apareceu. Ela parecia me entender. Coloquei a mão em seu rosto, meus dedos se esticaram até seus cachos, meu dedão passeou por sua bochecha, branca de neve, sentindo sua pele lisa, suave e aconchegante – como voltar para casa. Cheguei para frente, encostei meu rosto no dela e falei baixinho: "Feliz Ano-Novo". Dei um beijo em seu rosto. "Feliz Ano-Novo", ela devolveu, e me abraçou. Nós nos apertamos, forte, e aos poucos desfizemos nosso abraço, sem querer soltar, braço no braço, mãos nas mãos. Senti seus dedos nos meus, escorregando lentamente, até o último aperto e a separação.

No final, foi uma festa sem fogos.

CAPÍTULO XII

Marina

∽

Enquanto descíamos a Rambla para ir à marina, passamos por um grande círculo de pessoas que jogavam as garrafas vazias de cavas no chão, quebrando tudo e esparramando vidro para todos os lados. Como o círculo era largo, as pessoas jogavam bem no meio e não acertavam ninguém.

Paramos para olhar e, apesar de parecer perigoso — porque é impossível impedir que um pedaço daqueles vá mais longe que o planejado e acerte alguém —, parecia também muito bom. Quem nunca quis a liberdade de quebrar algo sem se preocupar com as consequências?

Luísa estava conversando com a coreana em inglês do meu lado e comentou que as duas estavam um pouco assustadas com aquele vandalismo todo.

— Li na internet sobre isso enquanto vocês se arrumavam — respondi. — Parece que quebrar as garrafas após a virada do ano é uma tradição local, como um ritual de renovação.

Ela ficou me olhando um pouco.

— Entendi, então tá bom.

Ela foi explicar para a colega, que também ficou bastante aliviada, e as duas passaram até a achar todo o evento muito interessante. Nessa hora cheguei à conclusão de que a tradição explica tudo, por mais louco que aquilo fosse.

Continuamos nossa caminhada pela Rambla, e eu seguia sozinho entre os dois grupos de conversa que se formaram entre meus amigos. Queria fazer alguma coisa. Queria conseguir fazer alguma coisa. De repente, quando estávamos perto da rua do hostel, Luísa e Nina anunciaram, junto com a coreana, que iriam para a cama.

– Já? – lamentou Rebeca. – Vamos à marina primeiro! Não vamos demorar lá.

– Eu estou com sono – respondeu Luísa. – E quero conseguir aproveitar o dia amanhã, para passear direito pela cidade.

Nina completou dizendo que já tinha deixado sua amiga coreana de lado por bastante tempo e queria fazer companhia a ela no que restava da noite. Elas acenaram, já se afastando de nós e voltaram a conversar entre si. Eu fiquei ali desejando mais um abraço, sem ter uma justificativa. Era simplesmente triste.

Rebeca e Ulisses me esperaram e, juntos, continuamos a caminhada em direção ao mar. Os dois voltaram a conversar sobre coisas da universidade e eu fiquei quieto ao lado deles até Rebeca passar o braço pelos meus ombros. Ela estava com um olhar simpatizante e tentou me animar.

– Você está aqui – completou Ulisses – com seus amigos, nos primeiros minutos do ano, em Barcelona, e está triste?

– Eu devia ter terminado com a Ana. Devia ter terminado quando ainda estava em São Paulo, antes de vir para Portugal, depois que visitei Luísa em Madri, antes de vir para Barcelona...

– Mas você não terminou, querido – respondeu Rebeca. – E agora você faz muito bem em se manter fiel. Tudo na vida tem o seu tempo. Encare esses dias aqui como o tempo de que você precisava para descobrir tudo isso. Agora, o tempo para fazer alguma coisa sobre isso está por vir.

– Eu achava que você não queria fazer nada sobre a Luísa agora – comentou Ulisses. – E aquela história de você não querer desperdiçar a oportunidade de ficar com ela pra sempre?

– Eu sei, eu sei. – Realmente, não saía da minha cabeça a ideia de que eu não teria outra oportunidade. – Se eu tentasse algo agora, ela com certeza diria não. Se eu estivesse solteiro, talvez acontecesse alguma coisa, mas em seguida ficaríamos um ano separados e esse um dia que passamos juntos não a impediria de continuar a vida dela no Brasil. Não sei se eu aguentaria passar por isso.

– E você está certo – concordou Rebeca. – De que adiantaria forçar algo agora, se isso te deixaria triste depois?

– Isaque, parece tudo certo pra mim – respondeu Ulisses. – Você só está lamentando pra encher o nosso saco e estragar nosso Ano-Novo, né?

Ele tinha razão. Eu estava reclamando porque não havia saída melhor para a situação. Depois disso, fiquei em silêncio até chegarmos à marina de Barcelona, no final da Rambla. Colombo estava lá, no topo de seu obelisco, apontando o dedo em direção ao Novo Mundo, e diversas pessoas chegavam para ver o mar e fazer seus desejos para 2012.

Nós nos aproximamos da beira e sentamos. A água, baixa, não batia em nossos pés, mas as pequenas ondas às vezes respingavam em nós. Não tínhamos nada para jogar, mas muitas pessoas traziam flores vermelhas, rosas, amarelas, e as deitavam na água. Outros traziam coisas estúpidas como garrafas de vidro ou copos descartáveis, que acabavam compondo, junto com as flores, a nova arte na marina.

Alguns carregavam violões e tocavam, ora músicas animadas, ora calmas, enquanto os demais cantavam ou apenas observavam. Apesar disso, o clima era de silêncio. Desde a festa da virada, na verdade, eu já tinha reparado que, comparada ao Brasil, aquela era uma noite absolutamente comportada, sem extravagâncias, carros de som e bêbados gritando.

Acabamos ganhando algumas flores. Alguém tinha conseguido um buquê inteiro e passou por nós distribuindo as que sobraram.

Cada um fez o seu desejo em silêncio. Desejei sabedoria para passar por aquela situação em paz e viver os próximos anos de espera da melhor forma possível, até meu retorno para o Brasil e minha reunião com a Luísa. Isso se ela realmente me esperasse por três anos. Abaixei o máximo que pude e me esforcei para fazer minha flor cair na água em pé, mas ela virou e, deitada, boiou para longe de mim.

Ulisses jogou sua flor de qualquer jeito e ela parou em pé. Apontou o dedo para mim e riu.

– Vocês não querem mesmo ir pra uma festa? – Ulisses perguntou, quando começamos a falar de voltar para o hostel. Ele queria ter certeza de que não perderia as baladas de Barcelona à toa.

– Querido, essa possibilidade desapareceu muito tempo atrás – foi a resposta de Rebeca. – Além do mais, acho que estou ficando velha demais para isso.

– Que isso, Rebeca – reagi. – Você não pode ter muito mais que a gente.

– Quantos anos você acha que eu tenho?

– Não sei, uns 30? 32?

Os dois riram de mim.

– Obrigada, você é muito querido!

– Sério? – perguntei, pasmo. Ela realmente não parecia ter mais que isso.

– Eu já fiz 38! Mas a maquiagem tem seu poder.

Estava realmente impressionado.

– Você está é muito bem mesmo, viu? Parabéns. – Bati palmas, rindo. – Isso explica a sua sabedoria na hora de me confortar.

– De dramas amorosos eu já sei bastante, realmente! Não se preocupe, você vai sobreviver.

Nisso ela levantou e me deu a mão para me ajudar. Levantei também e ajudei Ulisses em seguida.

Vi que já passava de uma hora da manhã. Não sei se o tempo passou enquanto andávamos ou refletíamos na marina. Voltamos caminhando lentamente pela Rambla e vimos muitas pessoas indo e vindo, outros parados, sentados ou deitados na rua, bêbados demais para continuar ou apenas conversando com amigos, enquanto a noite ainda era uma criança. Vimos também os resultados dos círculos de quebradeira de garrafas, no trabalho de limpeza dos garis varrendo grandes cacos de vidro do chão.

Nossa rua, nos outros dias tão movimentada, agora estava praticamente vazia. Enquanto andávamos, antecipei a experiência nostálgica de sentir falta de um lugar que eu ainda não havia deixado. Essa foi uma sensação comum para mim, na Europa. Era a minha primeira vez lá, então qualquer lugar era novo, lindo, impressionante, apaixonante. Ainda hoje sinto falta das antigas ruas e igrejas, dos jardins. Voltei a me sentir para baixo e, finalmente, ao chegarmos ao quarto, fui em silêncio escovar os dentes, depois deitei e virei as costas para os demais.

Em pouco tempo os barulhos no quarto acabaram, com cada um tendo deitado em seu canto e se rendido ao sono. Eu continuei um tempo acordado, pensando em tudo o que tinha acontecido. Por mais que eu tentasse aceitar, não conseguia deixar de lamentar meus infortúnios amorosos.

Fiquei um bom tempo repassando nossas conversas na cabeça, nossos olhares no momento da virada, nosso abraço.

E também imaginei muitas conversas que poderíamos ter ainda no dia seguinte, tentando resolver a situação, ou nos próximos anos, pela internet.

Quando cheguei ao fundo do poço, pensei comigo mesmo: "Ela não vai me esperar". Não havia motivos. Ela tinha a vida dela, eu tinha feito infinitas besteiras no passado, e agora ela não tinha razão para ser mais do que minha amiga. Na verdade, não sei dizer nem porque ela continuou minha amiga. Eu fui realmente cruel.

Mas ela continuou minha amiga, sim. Não só isso, continuou me tratando como nos velhos tempos. Nós estávamos nos divertindo juntos, nós nos entendíamos bem, conhecíamos a essência um do outro. E, afinal, ela tinha dito que esperaria, não é? Ela teve todas as oportunidades para dizer não, para rir da minha cara, virar as costas. Ela teve a chance de rasgar minha carta, de dizer que eu estava viajando na maionese, que não havia a menor chance. Mas nada disso aconteceu. Ela agradeceu pela minha carta, disse que eu continuava uma boa pessoa e que me esperaria. Podia até ser que no fim não desse em nada, mas ela se dispôs a entrar nessa espera comigo, quando nem eu mesmo acreditava que isso era possível.

De repente, percebi e aceitei que eu não poderia estar em uma situação melhor. "Deu tudo certo até agora, cabeça de vento!"

Como eu poderia esperar que ela reagisse diferente ao ouvir minha declaração, depois de tudo o que aconteceu e todo o tempo que passou? Ela provavelmente nem pensava em mim desse jeito ou de qualquer outro, e agora eu havia ligado um motorzinho. Tive a certeza de que ela pensaria sobre mim, sobre nós, dali em diante. E tive a certeza de que eu não poderia deixar ela esquecer disso. Comecei a planejar o que eu poderia fazer para me manter em sua mente, puxar conversas periodicamente pela internet, mandar algum presente, visitá-la em Viçosa quando fosse ao Brasil de férias. Era isso. Era isso!

Encontrei o caminho que eu deveria seguir dali em diante e, como num passe de mágica, a tristeza foi embora. Meu coração ficou leve novamente e eu relaxei de tal forma que, quando reparei, já era de manhã, e eu tinha dormido uma noite muito tranquila.

Dia 3

CAPÍTULO XIII

Gaudí

⁓

As meninas já estavam conversando quando acordei. Como dormimos relativamente cedo, ainda havia tempo para o café da manhã e de nos apressarmos para ir ao banheiro e nos arrumar antes de descer. A cafeteria do hostel estava vazia e não precisamos lutar pela comida ou para sentar.

Pegamos uma mesa no canto e ficamos conversando enquanto comíamos. Estávamos eu, Luísa, Rebeca e Nina. Luísa perguntou quem estava a fim de ir passear e conhecer a cidade com ela, e eu e Rebeca topamos na hora. Nina disse que passaria o dia com sua amiga, mas nos desejou um bom passeio. Começamos a fazer nossos planos e eu comentei que gostaria de voltar à Sagrada Família para conhecê-la por dentro, já que Ulisses não deixou da outra vez.

– Claro que temos que entrar na Sagrada Família! – respondeu Luísa, já toda agitada. – Foi a única coisa que meus pais falaram que eu não poderia perder!

Fiquei animado. Os pais da Luísa costumavam viajar muito e conheciam vários lugares na Europa. Suas dicas eram sempre valiosas. Inclusive, mesmo com esses anos todos longe deles, eu nunca esqueci de como a mãe dela falava do McDonald's e de sua imbatível importância para turistas. "McDonald's sempre tem um banheiro limpo e uma comida que você já conhece", ela dizia. "E antigamente você ainda conseguia trocar seu dinheiro pela moeda local, quando mudava de um país para o outro, na Europa".

Terminamos de comer e voltamos para o quarto, para terminar de nos arrumar. Pensei em chamar o Ulisses, apesar de já saber que ele não iria, mas ele estava dormindo pesado e me xingou quando o cutuquei. Ainda assim, falei para ele que pegaria seu chapéu emprestado para proteger a cabeça e, depois de todos prontos, fomos para a rua.

O dia estava ótimo: sol e céu azul para nos deixar animados, e friozinho para não desidratarmos. Chegando à estação de metrô, reparamos pela primeira vez que havia algo como um bar no fim da rua em que estávamos hospedados. Na fachada havia o nome Wild Turkey e ele era completamente preto por fora e por dentro.

– Vocês já tinham reparado nisso? – Foi o comentário de Rebeca. – Meio sombrio, não é?

– Não dá nem para saber direito o que é – disse.

– Deve ser um pub – respondeu Luísa. – Mas realmente não o vi aberto ainda.

– Quem sabe ele não abre à noite? – concluí, voltando a andar em direção à estação. – Aí a gente passa aqui para ver como é.

Andar de metrô por Barcelona é muito fácil. Na verdade, como me dou bem com mapas, os mapas de metrô são bastante tranquilos para mim. As meninas, como sempre, não fizeram qualquer questão de prestar atenção ao nosso caminho e eu fui guiando o grupo até subirmos uma escada e dar de frente com a Sagrada Família.

Fiquei tão impressionado quanto da primeira vez. Ela é realmente muito bonita. E alta, muito alta. Outra coisa que continuava me impressionando era a fila de turistas para entrar. Imensa, dava a volta no quarteirão. Criamos coragem e fomos para o final dela. Até que andava rápido, e acredito que ficamos apenas meia hora ali, esperando.

Enquanto isso, conversamos sobre várias coisas, mas principalmente sobre as outras coisas que faríamos durante o dia. Decidimos que levaríamos Luísa para ver o Arco de Triunfo também e de lá andaríamos até uma parte mais central de Barcelona, onde ficam o Passeig de Gracia – uma rua famosa, cheia de lojas lindíssimas e onde ficam outras obras de Gaudí –, a Casa Milà e a Casa Batlló, cujas fachadas aparecem em todos os panfletos turísticos da cidade.

Rebeca recebeu uma mensagem de Ulisses pelo celular. Não lembro bem o que eles faziam, mas conseguiam que seus celulares funcionassem na Espanha, apesar de morrerem de medo de atender a uma chamada, por causa dos altos valores do roaming. Na mensagem, brigava comigo por ter pegado o chapéu e perguntava onde estávamos. Rebeca respondeu e o convidou mais uma vez para nos encontrar ali por perto, mais tarde.

Quando começamos a achar que estávamos realmente perto de entrar, peguei a câmera e comecei a fazer fotos dos arredores. Era tudo um grande disfarce. Quando achei que já tinha tirado fotos o suficiente dos vidros da igreja e de coisas pela rua, virei a lente para Luísa e tirei uma foto dela. Em seguida, tirei uma também da Rebeca, para não dizerem que havia preferências.

É claro que elas quiseram olhar pelo monitor da câmera e reclamaram um pouco, mas nessas horas eu sempre digo que o que importa é a espontaneidade e que eu jamais apago fotos da minha câmera. Ficamos nesse drama até chegarmos ao portão de entrada. O bilhete custava cerca de 15 euros e pagando algo como que o dobro era possível comprar um bilhete válido para outras atrações da cidade. Olhamos um para o outro e fomos obrigados a admitir que não estávamos em condições de pagar o outro valor, e acabamos comprando apenas a entrada para a Sagrada Família mesmo.

Aproveitamos para investir alguns euros a mais para receber também um audioguia em português. Luísa sempre foi uma grande fã de audioguias e, realmente, entender a história de um lugar ou uma obra faz diferença em como olhamos para essas coisas.

Passamos pelo portão e ficamos de frente para as altas colunas cor de barro da fachada. Sobre a porta principal, uma grande escultura de Jesus crucificado olhava para baixo, para nós, como que nos lembrando que aquilo ali era mais do que uma atração turística.

Entramos e ficamos boquiabertos. Mais uma vez, não há palavras para descrever. É tão grandioso e belo que ficamos em silêncio. Sua nave é um gigantesco espaço aberto, sustentado por dezenas de altas colunas. Luzes coloridas alegravam e embelezavam o espaço, vindas dos vitrais no alto e colorindo as colunas, o piso, as paredes e até mesmo os visitantes.

Ao olhar para cima, notei que as colunas ganham formas e relevos ao se aproximar do teto. Elas tinham um formato orgânico, dando a impressão de toda a igreja ser sustentada por uma floresta de árvores gigantes. Mais tarde, conversando com a Luísa, ela me disse que a igreja parecia ter saído de um desenho da Disney, ou um filme do Tim Burton.

Nas quatro colunas principais havia os símbolos dos quatro evangelistas em diferentes cores e, no teto, círculos coloridos traziam diferentes imagens religiosas, de onde emanavam raios dourados de luz para todos os lados. Era como se cada cantinho da igreja estivesse ali para fazer as pessoas refletirem, suspirarem, se sentirem humildes diante de tamanha grandeza.

Luísa parecia tão impressionada quanto eu. Já com os fones de ouvido, parou no fundo da igreja e ficou em silêncio ouvindo a apresentação. Coloquei meus fones também e comecei a aprender algo sobre o projeto de Gaudí para a igreja e como tudo foi posto em prática. Enquanto isso, apaixonado que sou por belas igrejas, andei pela nave para observar de perto os belíssimos vitrais. Constituía-se em uma mistura de azul, verde, roxo, amarelo e vermelho que não formava imagens, mas era uma obra de arte lindíssima.

Ficamos um bom tempo ouvindo, vendo, fazendo comentários e fotografando. Eu tirava tantas fotos que as meninas riam da minha cara e diziam que eu parecia fotografar qualquer coisa que surgisse à frente. E eu fotografava tudo mesmo, até porque gostava de guardar algumas coisas para lembrar depois: até placas informativas iam parar no meu cartão de memória.

Seguindo o roteiro, passamos por um portal e nos vimos do lado de fora, buscando uma tartaruga na base de um grande pilar. Isso era parte da diversão para nós e todo mundo ali. Havia tanta coisa para ver na igreja que encontrar uma tartaruga tinha se tornado um destaque. Do lado de fora, o sol já estava alto, e começamos a abrir nossos casacos enquanto observávamos as paredes da igreja.

— Lá em Braga — comentei, quando achamos a dita cuja — há a Igreja dos galos, conhece, Rebeca?

— A dos casamentos?

— Isso! É Igreja de Santa Cruz, o nome. A lenda é que só depois de achar todos os três galos que estão "escondidos" na fachada dela é que você pode se casar.

— Sério?

— Não. Brincadeira. Na verdade, se você achar os galos, vai ser casar em breve. É um desafio para as moças.

— Só para as moças, Isaque? — perguntou Rebeca, de olho em mim.

— E as pessoas ficam lá procurando mesmo? — Luísa perguntou, incrédula.

— Dizem que sim, mas não sei. Só sei que eu estive lá alguns dias atrás — admiti. Ela me olhou e deu uma risada meio torta, como quem não sabe se ri ou se fica preocupada. Então perguntou:

— E achou todos?

– Achei o suficiente – respondi com a cara mais safada que pude fazer e fui me encostar na mureta.

Tomei um susto porque, logo depois de sentar, ouvi uma voz me chamar de "viadinho". Olhei para o lado e era Ulisses, chegando perto da gente pelo lado de fora. A igreja fica elevada, então nós o víamos de cima. Conversamos um pouco, e ele disse que só viera porque tinha combinado com Rebeca, mas não pretendia

aguardar nosso passeio. Acabamos convencendo-o a esperar pelo menos para almoçarmos juntos assim que saíssemos dali. Sabíamos que o principal estava visto e agora faltavam só umas partes internas da igreja.

– Vê se não demora e cuida bem do meu chapéu, que ele é caro!

Seguimos em frente. Chegamos a uma escada e descemos, indo parar no subsolo, onde havia muita informação sobre a construção da igreja, plantas, desenhos e fotografias dos primeiros anos da obra. Ali, encontramos um desenho do principal portal de entrada. Quando Luísa viu, chegou a suspirar.

– Esse portal é muito lindo, cara.

– É bonito mesmo – concordei, chegando perto.

– Eu queria levar isso pra casa. Será que eles vendem na lojinha?

– Não sei, mas eu posso fotografar pra você.

Apesar do ambiente fechado e escuro, consegui uma boa foto e prometi que enviaria para ela depois. Comecei a maquinar algo que ajudaria meu plano de fazer Luísa não se esquecer de mim nos anos seguintes. A família dela sempre gostou muito de álbuns de fotos, então parecia uma boa ideia organizar um com as lembranças de Madri e Barcelona e mandar entregar na casa dela, no Brasil. Assim, ela teria um álbum da época dela na Espanha e, ainda por cima, lembraria de mim toda vez que olhasse as fotos.

Satisfeito comigo mesmo, continuei o caminho. Chegamos à loja de suvenires, mas acabamos não comprando nada. Acho que estávamos tão satisfeitos com o passeio que nada ali parecia fazer jus ao monumento. Também já estávamos com fome, o que pode ter influenciado.

Na saída, encontramos Ulisses, cheio de mau humor, e a primeira pergunta que ele fez foi:

– Cadê meu chapéu?

Não estava na minha cabeça. Eu tinha tirado quando fomos para o subsolo e colocado no bolso do casaco, mas não estava mais lá. Olhei para ele, realmente triste, e pedi desculpas:

– Não sei o que dizer, Ulisses. Eu devia ter cuidado melhor dele. Prometo que, quando voltarmos, eu compro outro pra você. Ainda mais bonito.

– Você é foda.

– Me desculpa, sério.

– Ah, vai, tá bom. Chega de nhenhenhém. – Ele ainda estava de mau humor, mas dava para ver que não estava tão chateado assim com a história toda. Fiquei feliz. – Você vai comprar o mais lindo de todos, né?

– Vou. Rosa. Brilhante.

– O gay aqui é você.

– E eu te acho lindo!

– Para com isso e vamos comer.

Acabamos fazendo um caminho parecido com o que fizemos no primeiro dia e passamos pelo Arc de Triomf. Luísa achou

muito bonito e pediu para voltarmos ali depois de comer, porque

a fome apertava.

Achamos um restaurante meio chinês, com umas comidas mais comuns, para o nosso grupo – a comida espanhola pode ser bem diferente, de vez em quando, e nem todo mundo se interessa por paella ou arroz al horno – e fizemos nosso prato. Nesse dia descobri que na Espanha havia Fanta Limão, algo que eu não tinha visto ainda em Portugal. E eu sou fanático por suco de limão. Pedi uma, enquanto aguardava ansiosamente, quase saltitando na cadeira.

– Isso é tudo alegria, é? – Ulisses perguntou, me olhando como se eu fosse a pessoa mais estranha do mundo.

– É, sim. Nunca vi Fanta Limão na vida, gente, estou animado! Você já tomou, Luísa?

– Não, nem tinha reparado que tinha isso aqui, estou sempre tomando Coca-Cola.

– Nhé, Coca não tá com nada.

A Fanta chegou e não decepcionou. Era ótima. No auge da minha alegria, perguntei para o pessoal o que eles queriam fazer durante a tarde.

– Nós já tínhamos planejado ver o Arco e ir ao Passeig de Gracia, não é?

– É mesmo! – respondi. Já tinha esquecido. – Então vamos ao Arco, dar uma voltinha e seguir em frente.

Nos despedimos de Ulisses, que disse mais uma vez que não estava nem um pouco interessado em ver essas coisas de novo, e voltamos. Não sei se Rebeca percebeu que eu estava tirando muitas fotos da Luísa, mas como ela é sagaz para essas coisas, acredito que sim. Só sei que, chegando ao Arco, ela resolveu tirar mais fotos com sua câmera e, graças a ela, tenho hoje umas muito boas ao lado de Luísa daquele dia. Ela tirou a primeira quando nós dois estávamos lado a lado, andando e conversando.

– Agora fiquem ali, pra eu bater uma de vocês na frente do Arco!

Nos posicionamos. Luísa subiu no meio-fio, para ficar mais alta e apoiou o braço no meu ombro. Eu passei o meu por sua cintura e sorri, feliz. Depois que ouvimos o barulho, nos olhamos, bem pertinho um do outro e ela sorriu, parecendo muito feliz.

– Nós devíamos ter tirado mais fotos juntos – falou, voltando-se para o monumento.

– É...

– Não tiramos nenhuma em Madri!

– É verdade – respondi, e pensei um pouco. Então continuei, sorrindo: – Bem, qualquer coisa, eu faço uma montagem mais tarde.

Depois de mais algumas fotos nossas, continuamos o caminho. Seguindo um mapa, fomos até a Gran Via, uma das largas

avenidas que cortam o mais do que planejado traçado da cidade e fomos tranquilos, pela sombra das árvores, até o passeio. Para minha surpresa, logo na esquina havia uma loja com uma Ferrari da Fórmula 1 em exposição.

Como sempre fui fã de F1, tirei uma foto por ali também, e seguimos para a Casa Batlló.

Sua fachada é muito famosa, bonita e cheia de gente ao redor. Fomos ver o preço e descobrimos que era bastante caro para entrar. Mais caro do que estávamos dispostos a pagar. Ficamos por ali um pouco, então, e nos dirigimos à La Pedrera, outro prédio que tinha passado pelas mãos de Gaudí. Ali nós entramos, pelo menos no saguão, mas por causa do horário a visitação já estava se encerrando.

Havia uma lojinha simpática com objetos relacionados a Gaudí, e Luísa acabou comprando uma ou outra coisinha.

– Pelo menos pra dizer que eu vim aqui, né, gente?

Quando saímos, já estava começando a anoitecer, e eu e Luísa sentamos no banco de um poste para descansar as pernas um pouco e decidir o que fazer. É claro que chamar aquilo simplesmente de "poste" é um absurdo, porque era uma linda estrutura de ferro com enfeites maravilhosos, e o banco era um mosaico de azulejos no estilo de Gaudí – uma obra de arte urbana. Rebeca tinha ficado um pouco para trás e, ao se aproximar, tirou mais uma foto nossa. Em seguida, pediu para que tirássemos uma foto dela também.

Dali, decidimos voltar para o hostel. O caminho foi muito fácil, porque o Passeig de Gràcia terminava na Plaça Catalunya, onde começava a Rambla. Voltamos sem pressa e, no caminho, até tiramos fotos com um "Touro Pensador" – literalmente uma estátua de um touro na pose do Pensador, de Rodin. Gostaria de lembrar o nome dele, mas acabei não tirando foto da placa que ficava em seu pedestal. Está vendo a importância dos registros?

Em pouco minutos, estávamos no hostel. E cansados. Foram quase seis quilômetros de caminhada no sol e depois de dois dias animados. Encontramos Ulisses, Nina e a coreana em nosso quarto descansando, e deitamos em nossas camas. Parecia que o dia já tinha acabado para todo mundo. Ninguém aparentava ter coragem de fazer mais alguma coisa.

Eu estava bastante disposto a sair de novo, ver mais algumas coisas e comer, já que nossa viagem de volta no dia seguinte seria pela manhã, mas olhando para o pessoal, desisti. Quer dizer, estava para desistir, quando Luísa olhou para mim e perguntou:

– Quer sair para comer?

Wild Turkey

~⁀⁀

Quando dei por mim, estava sentado com Luísa em uma das mesas pretas no fundo do Wild Turkey, para ficar mais à vontade. Não havia mais ninguém ali. O ambiente era acolhedor, quentinho, simpático e com uma boa música de fundo.

Parecia o lugar perfeito para chutar o balde, ajoelhar e pedi-la em casamento, oferecendo uma fatia de calabresa como aliança, mas eu mal tinha coragem de falar alguma coisa, imagina propor algo a mais.

Como meu espanhol é ridículo, ela assumiu o comando, conseguindo os cardápios e fazendo o pedido. O Wild Turkey era mesmo um pub. Na verdade, uma taverna, segundo eles, especializada em maravilhosas pizzas e cervejas, em uma época em que cervejas ainda não eram gourmet como agora. As pizzas chamaram nossa atenção porque elas eram quadradas, em vez de redondas, e vinham na mesma chapa em que eram levadas ao forno.

Recebemos nossas bebidas, que pedimos primeiro. Já não me lembro qual, mas escolhemos um sabor padrão para a pizza. Algo como pepperoni, quatro queijos, algo de que Luísa gostava.

— Ainda não aprendeu a comer pizzas diferentes, né? — perguntei. Ela sempre foi ruim com comida.

— Ainda não aprendi a comer muita coisa diferente.

— Eu lembro que, quando você era criança, não gostava de comer pizza alguma, era isso mesmo?

— Era, eu era muito chata mesmo para comer, cara. Minha mãe fala que eu provava até o peito antes de mamar, só para ter certeza: "É leite materno mesmo, então tá bom, vamos lá!" — ela falou, rindo. — Mas estou melhorando!

— É mesmo? — perguntei, exagerando minha cara e entonação de surpreso. — Quem diria, hein. E aprendeu a comer mais o quê, nos últimos seis anos?

— Agora eu como couve-flor, por exemplo! Outro dia fiz um supercaldo de couve-flor que todo mundo amou! Fiz um jantar pra Hannah, Estela, Sheila...

— E quem são essas?

— Ah, é mesmo — ela respondeu, lembrando que eu não faço parte dessa parte da vida dela. Na verdade, eu não fazia parte de mais nada na vida dela. — São minhas amigas de Viçosa! Você ia gostar muito de conhecer o pessoal de lá.

— Tenho certeza que sim! — respondi.

— Sério, cara, você precisa ir pra Viçosa, encontrar com o Douglas, sair com a gente. Seria ótimo.

— Faz tanto tempo que não vejo o Douglas. Que saudades que estou dele...

— Ele ia gostar muito de te ver.

— É, eu gostaria muito de encontrar com ele também.

Ficamos em silêncio. Acho que percebemos que estávamos criando laços novamente e ficamos um pouco constrangidos. E então eu pensei: "Por que melhorar, né? Vamos começar a afundar isso logo".

– E como vocês estão lá? Bem?

– Ah, você sabe que eu ando um pouco mal. O último ano foi difícil. Mas a gente vai seguindo.

– Vai, sim. Pegando todo mundo lá?

– Eu tava namorando até agora, né? Terminei um namoro pouco antes de vir pra cá.

– É mesmo, você me contou lá em Madri. E alguma chance de vocês voltarem? Afinal, semana que vem você está lá de novo, né?

– É, mas não tem chance alguma. Ele me puxava muito pra baixo, me fazia me sentir mal com várias coisas. Juntando isso com a depressão, passei por um tempo realmente ruim.

– Sinto muito, Luísa. Queria poder te ajudar. Mesmo.

– Eu sei, obrigada – ela disse, sorrindo, mas de forma automática. – Além disso, eu nunca voltei com um namorado antes, e não será agora que isso vai mudar.

– Voltou, sim – respondi, olhando-a nos olhos.

– Voltei? – ela indagou, com cara de interrogação.

– Sim. Comigo.

Ela ficou muda. Desviou os olhos para a mesa, mas rapidamente voltou a olhar para mim e começou a falar de forma agitada, tentando botar para fora o que ela precisava.

– Isaque, eu disse que vou te esperar, porque foi só isso que você me pediu, mas nós não voltamos. Eu não aceitei voltar, e você ainda está namorando!

– Luísa, calma –interrompi o seu discurso. – Eu quis dizer lá atrás, quando nós terminamos.

Ela me olhou, um pouco envergonhada pelo que tinha acabado de falar. Eu continuei:

– Lembra? Nós terminamos, ficamos tipo um mês separados, depois voltamos e aí terminamos mais uma vez.

– Você.

– Oi?

– Você terminou.

– Sim.

– Você disse "nós terminamos".

– Disse.

– Mas foi você quem terminou.

– Foi, sim. Desculpa.

– Tudo bem, já faz muito tempo.

– Não, me desculpa por falar "nós". Deixa que eu assumo a responsabilidade.

– Ah, sim. Certo.

Depois de uma pausa, disfarçada com alguns goles em nossas cervejas, veio a pizza para ajudar. Era realmente uma pizza muito bonita, e o clima entre nós ficou mais alegre e descontraído enquanto cortávamos e comíamos nosso primeiro pedaço.

– Gostou? – perguntei. – Achei ótima.

– Sim! – ela respondeu, superanimada novamente. – A massa está crocante, o queijo está ótimo, mas será que a gente consegue comer isso tudo? Achei que era menor.

– Consegue, sim. E se não conseguir, a gente leva pra alguém – falei, pensando no pessoal que ficou no hostel.

– Será que eles não vão comer nada?

– Não sei, mas espero que sim. – Não estava lá tão tarde ainda, e sei que eu ficaria morrendo de fome se ficasse a noite toda sem comer.

Um pouco de silêncio. Reparei nas numerosas garrafas alinhadas nas prateleiras do balcão, seus diferentes rótulos, os diferentes idiomas. Meus olhos foram passando pelo bar: as paredes eram descobertas, feitas daqueles pequenos tijolos vermelhos que eu acho tão charmosos; uma TV no fundo passava clipes de músicas indies; de repente, reparei que Luísa estava olhando para mim novamente.

– Desculpa, eu não quis colocar a culpa toda em você. – Ela estava falando de novo sobre quando eu terminei com ela.

– Eu sei, relaxa. Mas a culpa foi minha.

– Você tomou a atitude, sim, mas eu sei que tinha outras coisas envolvidas... além, sabe, da outra.

E então chegamos naquele ponto em que um ex-casal começa a falar da outra. Mas eu estava disposto a desviar e tentei:

– Luísa, eu tinha 20 anos, você tinha 16, e aconteceu um monte de coisas.

– É verdade, aconteceu mesmo.

– Mas eu podia ter me esforçado mais quanto a isso, né?

– É... – Ela fez uma pausa, mexendo na pizza devagar.

– E aí acabou.

– Sim. E eu me meti numa grande furada.

– A outra?

– A outra. Luísa, eu sei que eu já te pedi desculpas por como tudo isso aconteceu naquela época, mas, por favor, me desculpa.

– Você pediu desculpas por e-mail, Isaque, no meio deste ano! Quase cinco anos depois de a gente terminar.

– Eu devia tomar vergonha na cara, eu sei – lamentei. Realmente, eu só parei para pedir desculpas depois que tudo já tinha dado errado com "a outra". – E você estava no fim do mundo de Viçosa, e eu não ia aguentar esperar te encontrar para falar pessoalmente.

– Como assim? – Ela me olhou, curiosa. – Quando foi que você decidiu pedir desculpas?

Fiquei meio envergonhado. Foi uma situação "diferente", vamos dizer, mas tomei coragem e contei tudo:

– Um dia eu resolvi salvar todas as minhas fotos do Fotolog, lembra?

– Claro que lembro!

Antes de Facebook e até mesmo de Orkut, todo mundo tinha um Fotolog. Era como um Instagram do passado: um site em que nós podíamos colocar uma foto por dia e receber 10 comentários. Quem tivesse coragem de pagar por uma conta completa estava liberado para adicionar quantas fotos quisesse, mas éramos todos adolescentes na época e ninguém fazia isso. Com o tempo, todo mundo foi abandonando o Fotolog e, em 2011, por algum motivo, eu fiquei com medo de eles apagarem o site definitivamente e levarem minhas fotos com eles.

– Nossas contas ainda existem? – Luísa perguntou. – Nossa, eu queria salvar minhas fotos daquela época.

– Foi exatamente isso que aconteceu! Eu queria salvar minhas fotos e, quando cheguei às últimas, de 2006, eu reparei que tudo que aconteceu naquela época foi muito público, foi muito na cara... na sua cara.

– Foi, sim.

– Desculpa.

– Tudo bem. É bom saber que você percebeu isso, mesmo tanto tempo depois.

– E eu fui até a sua conta e vi as fotos reagindo às minhas e ao nosso término, e a eu não estar nem aí para o que acontecia com você.

Então ela falou:

– Você foi um grande idiota, mesmo.

– Eu fui – respondi, sem defesas. – E eu espero, nos próximos anos, mostrar pra você que eu realmente cresci. E é por isso que eu te peço desculpas, mais uma vez. Hoje eu percebo isso e me arrependo.

– Obrigada, de novo.

– De nada.

E foi assim que, de repente, estávamos felizes, um pelo outro e com o outro. Como se tivéssemos superado essa etapa de nossas vidas e prontos para mais uma. Mas eu sabia que haveria mais algumas, antes de dar tudo certo. Se é que daria tudo certo.

– E aquela carta que você deixou pra mim em Madri?

E foi assim que, de repente, eu fiquei envergonhado de novo, mas ainda muito disposto a levar a conversa até o final.

– Eu estava com vergonha de falar tudo pessoalmente de novo. Pronto, falei. – Ainda não existia hashtag nessa época.

— Por quê? Nós passamos cinco dias juntos!

— Eu tive todas as oportunidades, sim, mas eu tinha medo de você virar pra mim e falar: "Vai se foder, Isaque, eu não quero saber de você".

Ela riu alto e parecia muito disposta a continuar na conversa também. Talvez fosse a cerveja, mas estávamos tendo a conversa mais sincera dos últimos seis anos.

— Eu não diria isso. Eu gosto de você, nunca deixei de ter um carinho grande por você, apesar de tudo. Você me magoou, eu fiquei muito triste, mas superei isso e estamos aqui, nos dando bem, não estamos? Nós nos demos bem em Madri, eu já te falei isso.

— Sim, eu também achei, e fiquei muito feliz de saber que a gente ainda se gostava assim. E eu queria te dizer, lá ainda, que eu queria ficar mais próximo, mais perto de você. Só não sabia como fazer isso sem dizer que eu queria voltar com você.

— Você não queria me contar?

— Eu queria, mas sabia que daria errado, estando com a Ana e tal.

— Realmente não era uma boa ideia.

— Eu não sei bem tudo o que eu falei pra você naquele nosso tour pelos bares, mas meu maior medo era, por exemplo, terminar com a Ana e me esforçar para rolar algo entre a gente aqui e, depois, ficar três anos separados e a gente não aguentar e brigar e se separar por mais um bom tempo. Na verdade, tinha medo de que a segunda vez fosse para sempre.

Quando terminei de falar, já estava olhando para a mesa, mas Luísa me animou com uma pista que, de início, passou despercebida:

– A segunda não foi pra sempre.

– Oi?

– Já houve a segunda vez. – Fiquei olhando para ela, meio perdido, e ela explicou: – Você mesmo falou, não foi? Não foi a última vez porque aqui estamos nós dois, de novo, e eu prometi esperar por você.

Foi lindo. Eu não sabia nem o que dizer. Tanto que não disse nada por algum tempo enquanto refletia sobre aquilo. Era tudo o que eu queria. Eu tinha conseguido. Ela tinha aceitado esperar por mim e parecia estar animada para isso. Ela teria quase um ano para

pensar sobre isso, para reacender essa ideia em sua cabeça antes de me encontrar novamente e, quando esse dia chegasse, eu faria o meu melhor para ela perceber que valeria a pena esperar mais dois anos.

Parecia um sonho. Um que eu não queria que acabasse.

– Acho que, depois dessa, é melhor a gente ir embora antes que eu estrague tudo.

Pedimos para embrulhar o final da pizza e eu, tentando ser um cavalheiro, disse que pagaria a conta, com um dinheiro que acho que nem tinha – claramente, era um problema para o meu futuro eu.

Luísa olhou para a minha cara e disse "não":

– Eu te chamei aqui, não vou deixar você pagar. Se você quer que eu volte a pensar em nós dois, é melhor você começar a pensar em nós dois como iguais.

– Eu falei que eu ia estragar tudo se a gente demorasse – comentei, tentando parecer animado. – Vamos dividir, então?

– Não – ela respondeu, bastante decidida. – Eu te convidei, eu vou pagar.

– Considerando que eu faço História e você, Engenharia, é melhor eu me acostumar mesmo.

– A gente pode dividir nosso dinheiro. Quer dizer, se não acontecer nada nos próximos anos e tal.

– Eu entendi, querida. Fica tranquila.

Saímos do Wild Turkey e, quando chegamos em frente ao hostel, ouvimos vozes nos chamando do outro lado da rua. Na esplanada do restaurante, nossos amigos balançavam os braços.

Enquanto atravessávamos a rua para encontrá-los, não pude deixar de achar que parecíamos um casal. Estávamos conversando como se o que tivesse acabado de acontecer no pub estivesse em uma realidade paralela, da qual não poderíamos falar ali fora, no mundo real.

Ali fora, afinal, a contagem regressiva chegava ao fim. Ou se iniciava?

Despedida

CAPÍTULO XV

Aeroporto

Nem me lembro como chegamos ao aeroporto, mas lá estávamos às nove da manhã, com as mochilas nas costas, fazendo nosso check-in.

O resto da nossa noite foi tranquilo, alegre e com cara de despedida. Não tinha como não ser. Nina ficaria em Barcelona mais algum tempo antes de continuar sua viagem, e aproveitamos a internet do restaurante para adicioná-la em nossas redes sociais. Ulisses não parou de falar de seu chapéu perdido e de me culpar por tudo. Pedimos um drinque cada um, que eu só pude pagar porque Luísa bancou a pizza, e brindamos ao nosso novo ano.

— O que comemoraremos? — Rebeca perguntou, com sua taça no ar.

— Uma virada de ano muito doida — respondeu Ulisses.

— Conhecer uma cidade linda! — disse Luísa.

— Conhecer vocês! — Nina falou, arrancando suspiros de todos nós.

— E você, Isaque? — Rebeca agora olhou para mim.

– Gente, desculpa, mas vou fazer um pequeno discurso.

– Pronto! – Ulisses se remexeu. – Lá vem.

– Quero comemorar nossa amizade – falei. Meus amigos sorriram, prestando atenção. – Quando saí de Braga pra vir pra cá, estava me despedindo de minhas primeiras amigas aqui na Europa. Foi triste...

– Chorou?

– Chorei e lamentei que, com essa nossa vida de estudantes, nunca estamos muito tempo no mesmo lugar. Eu mesmo já estou saindo da Residência Universitária e alugando um apartamento (mais um motivo para comemorar!). A vida vai seguindo. Em nome da nossa amizade, então, agradeço a todos vocês por esses dias. Obrigado, Nina, por entrar no nosso grupo; Luísa, por aceitar vir de última hora; Rebeca, por todo o apoio; e Ulisses, pelas chatices.

– Vai se foder.

– Brincadeira! Nós ainda vamos ensinar alguns modos a você, mas obrigado por tudo e me desculpa por perder seu chapéu, foi sem querer.

– Tudo bem. Ele era da Lacoste, viu?

– Certo. Então é isso, galera. Ano Novo, vida nova, como disse Rebeca. E novas despedidas. Vai ser triste deixar vocês, mas eu aprendi lá em Braga que, quando alguém vai embora, eles deixam heranças para os amigos que ficam. Coisas simples, sabe. Então vou deixar uma herança com todos vocês, para se lembrarem desses dias maravilhosos.

Todos ficaram animados e até comovidos.

– Eu gosto muito de todos vocês, igualmente, então não escolhi um presente específico para cada um; vou deixar vocês escolherem.

Olhando para a cara deles, tirei do bolso e coloquei na mesa um guardanapo, um canudo, um saquinho de sal e um sachê de ketchup que tinha pegado no Wild Turkey. Só parei de rir, e eles de reclamarem, quando deitamos para dormir.

O voo de Luísa era um pouco depois do nosso, então, depois de passar pelo raio-X, andamos em direção ao nosso portão de embarque. Como tínhamos acordado um pouco em cima da hora, acabamos não tomando café no hostel mais uma vez, e paramos em uma lanchonete no caminho para comer alguma coisa.

– Melhor pagar um pouco caro aqui – comentei, tentando disfarçar a piada – do que pedir uma Pepsi durante o voo, né, gente?

Ulisses olhou para mim.

– Todos esses dias aqui com a Luísa, Isaque – ele respondeu –, e você ainda precisa de um gayzorcismo.

– Oi? – Luísa ficou com cara de interrogação.

– É um negócio que a gente viu em uma série de TV do Multishow, outro dia. Mas a ideia era afastar os gays de uma menina, não transformar um gay em hétero.

– Você está dizendo que não há solução para você? – perguntou Ulisses, aproveitando a minha deixa.

– Estou dizendo que você não sabe do que você está falando, querido.

– Gente, isso aqui está ótimo, mas está na hora de eu ir para o meu portão também. – Luísa levantou de sua cadeira e colocou a mochila de volta nas costas.

Nós já havíamos acabado de comer, então levantamos todos para nos despedir. Me lembrei dos abraços e beijos na noite da virada. Mais uma vez fiquei por último, só que dessa vez estava tranquilo. Rebeca e Ulisses se afastaram um pouco, andando em direção ao nosso portão, para nos dar alguma privacidade. Ainda assim, o abraço foi esquisito, porque abraçamos nossas mochilas. Passei minha mão de leve em seu rosto e sorri para ela. Ela sorriu de volta e começou a se afastar.

— Não esquece! — gritei, no meio do corredor.

— O quê? — ela perguntou, virando-se para mim, mexendo seus cachinhos, animada.

— Espera por mim.

Ela sorriu, um pouco envergonhada.

— O.k.

— O.k. então! Até novembro.

— Até...

Então cada um seguiu seu caminho. Ulisses e Rebeca me esperavam logo à frente.

— Acho que você não é gay mesmo não, Isaque — Ulisses falou, assim que cheguei.

— Você esperou ela ir embora pra dizer isso?

— Claro.

— Deu tudo certo entre vocês? — Rebeca perguntou, sempre tão atenta.

— Deu — respondi. — Acho que deu.

Gostou?

Compartilhe sua opinião!

Autores independentes dependem de seus leitores para se destacar e alcançar novos públicos. Deixe sua avaliação na Amazon, no Goodreads ou em suas redes sociais e ajude a divulgar Beije-me em Barcelona!

beije.me/perfil-amazon
beije.me/perfil-goodreads

Ficou interessado?
Saiba mais em:

beije.me
facebook.com/beijemeembarcelona